प्रबन्धन की पाठशाला

School of Management

[एक कॉरपोरेट अनुभव]

प्रबन्धन की पाठशाला
School of Management

[एक कॉरपोरेट अनुभव]

विजय जोशी

राजकमल प्रकाशन
नयी दिल्ली पटना इलाहाबाद

आभार :
श्री योगेश मंत्री
के प्रति जो इस विचार-यात्रा
में मेरे सतत सहयोगी रहे हैं।

राजकमल पेपरबैक्स में
पहला संस्करण : 2013

राजकमल पेपरबैक्स : उत्कृष्ट साहित्य के जनसुलभ संस्करण

राजकमल प्रकाशन प्रा.लि.
1-बी, नेताजी सुभाष मार्ग
नई दिल्ली-110 002
द्वारा प्रकाशित

शाखाएँ : अशोक राजपथ, साइंस कॉलेज के सामने, पटना-800 006
पहली मंजिल, दरबारी बिल्डिंग, महात्मा गांधी मार्ग, इलाहाबाद-211 001

वेबसाइट : www.rajkamalprakashan.com
ई-मेल : info@rajkamalprakashan.com

मुद्रक : बी.के. ऑफसेट
नवीन शाहदरा, दिल्ली-110 032
द्वारा मुद्रित

आवरण : राजकमल स्टूडियो
रेखा-चित्र : श्री सन्तोष जड़िया

मूल्य : ₹ 95

SCHOOL OF MANAGEMENT
by Vijay Joshi

ISBN : 978-81-267-2357-7

Ph. : 24352878
Fax. : 24359687
1, Nizamuddin East
New Delhi-110013

मार्क टुली

आनेवाले समय में भारत में विनिर्माण के क्षेत्र में प्रबन्धन का रोल बहुत ही निर्णायक सिद्ध होगा और यही पूरे देश के कल्याण तथा समृद्धि की दिशा तय करेगा। वस्तुतः अधिकांश भारतीय कम्पनियों द्वारा पिछले कई वर्षों से इस दिशा में पर्याप्त रूप से न तो कोई अध्ययन किया गया है और न ही अभ्यास।

बी.एच.ई.एल. ने एक सुप्रबन्धित संस्थान के रूप में बहुत ख्याति अर्जित की है। इसलिए यह सर्वथा उचित ही है कि विजय जोशी, महाप्रबन्धक, बी.एच.ई.एल. इस क्षेत्र में अपने दीर्घ अनुभवों को एक पुस्तक में समाहित करते। किताब में सहज तथा सरल प्रबन्धन को जो महत्त्व दिया गया है वह मुझे विशेष रूप से अच्छा लगा।

प्रायः अनावश्यक व जटिल अवधारणाओं द्वारा प्रबन्धन के सिद्धान्तों को कठिन बना दिया जाता है। इससे प्रबन्धकों को अपनी दक्षता तथा विवेक द्वारा उत्कृष्ट परिणाम प्राप्त कर सकने के बजाय असमंजस की स्थिति से रू-ब-रू होना पड़ता है। मुझे पूर्ण विश्वास है कि सफल प्रबन्धन के जो समाधान इस पुस्तक में दिए गए हैं वे भारत में बुद्धिमत्तापूर्ण एवं बेहतर प्रबन्धन की महती आवश्यकता को पूरा करने में सफल सिद्ध होंगे।

Mark Tully

(मार्क टुली)

Ph. : 24352878
Fax. : 24359687
1, Nizamuddin East
New Delhi-110013

Mark Tully

Management is crucial to the future of Indian manufacturing and indeed the welfare and prosperity of the whole country. Yet it was not adequately studied or practiced for many years in most Indian companies.

BHEL has rightly gained a reputation for being a well-managed enterprise and so it is particularly appropriate that Vijay Joshi, General Manager of BHEL should have drawn on his long experience to write this book. I particularly like the emphasis he places on simple management.

All too often impenetrable jargon and unnecessarily complicated concepts cloud the principles of management, confusing managers rather than providing them with the simple skills and common sense they need to get the best out of those they Manage. I am sure Simple Solutions for Successful Management will be a very successful book filling a deep need for wiser management in India.

Mark Tully

(Mark Tully)

विजय जोशी
VIJAY JOSHI

8/SECTOR-2, SHANTI NIKETAN
(NEAR CHETAK SETU)
BHOPAL–462 023

अपनी बात

लोककथाओं का देश है भारत। मूक प्राणी भी मानव मन को सार्थक सन्देश दे सकते हैं, इसे जातक कथाओं व पंचतंत्र ने सिद्ध किया है। इनमें व्यक्ति, काल या स्थान से अधिक महत्त्व तो उस शाश्वत विचार का होता है जिसकी वाहक ये होती हैं। ये कथाएँ एक अद्‍भुत सन्देशवाहक तथा अविस्मरणीय दस्तावेज हैं। जो बात लम्बे-चौड़े आख्यान या व्याख्यान के माध्यम से नहीं समझाई जा सकती उसे एक छोटे-से सटीक उदाहरण से बड़ी आसानी से समझाया जा सकता है।

हर आगे आनेवाला समय अपनी चुनौतियाँ साथ लाता है। कुशल प्रबन्धन आज की सबसे महती आवश्यकता है। अनुभव के विशाल भंडार में से–'सार-सार को गहि रहे थोथा देइ उड़ाय' की तर्ज पर यदि तत्त्व निकालकर उसे किसी सामयिक उदाहरण के माध्यम से समझाया जा सके तो मेरी राय में यह प्रयास किसी हद तक तो अभिनव व अनूठा कहा ही जा सकता है।

ऐसी ही एक कोशिश इस पुस्तक के माध्यम से की गई है। तीन दशक से अधिक के सेवाकाल के दौरान प्राप्त अनुभव को यदि थोड़ा भी सार्थक समझा जा सके और किसी के काम आ सके तो यह मेरा सौभाग्य होगा। इन सबमें नया कुछ भी नहीं है। बिखरे मोती की माला बनने का सुख भी किसी प्रार्थना से कम नहीं होता और इस समय मैं उसी सुख को पूरी श्रद्धा व शिद्‍दत के साथ अनुभव कर रहा हूँ। आमीन!

(विजय जोशी)

Council Member, Institution of Engineers (India)
Former Group General Manager, B.H.E.L., Bhopal

email : v.joshi415@gmail.com
Ph. : (0755)-2580887, 09826042641 (Cell)

पूजनीया गोलोकवासी दादी
बनारसी माय के प्रति

अनुक्रम

सभी सुख चाहते हैं
सभी स्वस्थ रहना चाहते हैं
सभी कार्य में सफल होना चाहते हैं
सभी समृद्ध और सम्पन्न बनना चाहते हैं
सभी प्रसिद्धि चाहते हैं
सभी तनावमुक्त होना चाहते हैं
तो!
कल जो चला गया, उसे भूल जाइए
कल जो आनेवाला है, उसकी चिन्ता मत कीजिए
जो वर्तमान है उसका सरलता, सहजता, दृढ़ता
और आत्मविश्वास के साथ सामना कीजिए।

एक अन्य उदाहरण गोस्वामी तुलसीदास का है। प्रेम-वियोग में पागल हो जब वे साँप को रस्सी समझ पत्नी के कक्ष में पहुँचे और अपमानित हुए तो इसमें भी क्षोभ व दुख मनाने के बजाय अच्छाई ढूँढ़कर शेष जीवन रामचरितमानस के सृजन में लगा दिया।

बुराई जीतें अच्छाई से
(Overcome Malice with Goodness)

जीवन में यदि आप ऋण को धन, बुरे को अच्छा तथा हानि को लाभ में परिवर्तित कर सकने की क्षमता रखते हैं तो जीवन के हर क्षेत्र में न केवल सफल बल्कि प्रसिद्धि के उच्चतम शिखर पर होंगे। आदमी आम तौर पर किसी भी तरह की नकारात्मकता (Negativity) को न तो स्वीकार कर पाता है और न सहन। हम सब हमेशा केवल अच्छा, और अच्छा पाने की चाहत रखते हैं, लेकिन वास्तविकता में ऐसा होता नहीं है।

जीवन की धारा में भला-बुरा, यश-अपयश, लाभ-हानि सभी का समावेश रहता है। यह न तो केवल मोतियों का थाल है और न ही केवल अँधेरे का बियाबान। यदि आप सुख में प्रसन्न रहे तथा दुख में दुखी तो कुछ भी नया या अभिनव नहीं कर रहे हैं। बल्कि यह एक अत्यन्त साधारण जीवन शैली है, जिसका कोई प्रयोजन नहीं। मेरी माँ का बचपन में दिया गया एक उपदेश आज भी मेरे अन्तस में अंकित है कि सुख में बहुत अधिक खुश नहीं होना चाहिए, क्योंकि उसी के बाद दुख भी अवश्यम्भावी है। इसलिए जीवन को समभाव से जीने की कोशिश की जानी चाहिए।

इसलिए जब भी कुछ बुरा या अप्रिय मिले तो उसका पूरे साहस से सामना कर सकारात्मक में परिवर्तित करें तथा जीवन सँवारने के लिए एक शस्त्र के रूप में उपयोग करें। छोटी-छोटी कठिनाइयों पर हतोत्साहित हो जाने की प्रवृत्ति आपको निरन्तर निराशा के गर्त में ले जाती है और इस प्रक्रिया के दौरान यदि आपका मनोबल टूट गया तो फिर आगे की यात्रा निराशाजनक तथा अवसादपूर्ण भी हो सकती है।

जीत उनको ही मिली
जो हार से जमकर लड़े हैं
हार के भय से डिगे जो
वे धराशायी पड़े हैं।

एक बार कौशल नरेश मल्लिक रथ पर सवार होकर एक सँकरे पुल से गुजर रहे थे। तभी सामने से एक और रथ आ गया। इस पर सामने वाले रथ का सारथी बोला–वाराणसी नरेश ब्रह्मदत्त के रास्ते में आने की तुम्हारी हिम्मत कैसे हुई?

इस पर मल्लिक का सारथी बोला–यह कौशल नरेश की सवारी है। मैं किसी के लिए रास्ता नहीं छोड़नेवाला।

उन दिनों यह प्रथा थी कि ऐसी स्थिति में बड़ी पदवी वाले के लिए छोटी पदवी वाला रास्ता छोड़ देता था। लेकिन यहाँ तो दोनों राजा थे। इसलिए समस्या खड़ी हो गई कि कौन अपना रथ पीछे करे। प्रथा अनुसार श्रेष्ठता के निर्धारण के लिए आयु, राज्य का आकार आदि पर विचार किया। उसमें भी दोनों समान थे। अन्ततः बात गुणों पर आई। मल्लिक का सारथी बोला–मेरे स्वामी बुराई का बदला बुराई और भलाई का बदला भलाई से देते हैं।

इस पर दूसरा बोला–मेरे स्वामी बुराई हो या भलाई, दोनों का ही बदला भलाई से देते हैं।

यह सुनकर सारथी कुछ बोलता, इसके पहले ही मल्लिक बोल पड़े–निश्चय ही वाराणसी नरेश मुझसे श्रेष्ठ हैं। सारथी, उनके रथ को रास्ता दो।

दोस्तो, सही तो है। श्रेष्ठ तो वही कहलाएगा न जो बुरा करनेवाले के साथ भी भलाई करे। हालाँकि हर कोई यह राह नहीं पकड़ सकता क्योंकि यह बहुत कठिन डगर है। मगर ऐसा न होता तो इस पर चलनेवाले को श्रेष्ठता का खिताब क्यों मिलता!

आप संसार के समस्त महान लोगों का जीवन चरित्र उठाकर देख लीजिए। उनमें अनिश्चित को निश्चित में बदल देने की अदम्य जिजीविषा थी। उनकी विपरीत परिस्थितियों को विजय अभियान में बदल देने की क्षमता आपको चमत्कृत कर देगी। राजा राम ने गहन वन में वानरों की

सहायता से एक विशाल सेना सुगठित कर ली। सिकन्दर ने घोड़े की पीठ पर यात्रा करते हुए अपने विश्व-विजयी अभियान को अंजाम दे दिया। महाराणा प्रताप ने जंगल में घास की रोटी खाते हुए जनजातियों की सहायता से अपने सेनापति हाकिम खाँ के साथ मेवाड़ स्वतंत्र करा लिया। शिवाजी के सेनापति तानाजी ने मात्र गोह के सहारे सिंहगढ़ का किला फतह किया। ऐसे अनेक उदाहरण हमारे सामने हैं।

पंडित मदन मोहन मालवीय शैशव काल से ही धुन के पक्के तथा कुछ कर गुजरने की इच्छा रखते थे। लेकिन जैसा कि आम तौर पर होता है कि वे विद्वान तो थे परन्तु साधन-सम्पन्न नहीं। उस दौर की सबसे बड़ी समस्या अशिक्षा थी। बगैर शिक्षा समाज कभी उन्नति नहीं कर सकता, इसी अवधारणा को लेकर मालवीयजी ने काशी में एक विशाल विश्वविद्यालय का सपना सँजोया, पर उसे मूर्त रूप देने के लिए अपार धन की आवश्यकता थी। सो धन संग्रह का अभियान आरम्भ किया गया। हर एक को उसकी क्षमता तथा श्रद्धा के अनुसार इस पुनीत कार्य में दान देने हेतु प्रेरित किया गया। गाँव-गाँव, गली-गली से प्रत्येक व्यक्ति ने अपनी-अपनी क्षमता अनुसार कुछ-न-कुछ दिया।

काशी के समीप ही एक नवाब साहब भी रहते थे, जिनकी कंजूसी के चर्चे पूरे नगर में विख्यात थे। दोस्तों से पंडितजी की शर्त लगी कि उनसे कुछ लिये बगैर लौटेंगे नहीं। नियत समय पर उनकी नवाब साहब से भेंट हुई। नवाब पूरी बात सुनकर भी नहीं पसीजे, उलटे बार-बार के आग्रह से इतने नाराज हुए कि अपनी पैर की जूती निकालकर उन्हें मारने को फेंकी। मालवीयजी बगैर नाराज हुए जूती लेकर चले गए।

अगले दिन सबने एक मुनादी सुनी कि नवाब साहब ने इस पुनीत कार्य के लिए अपनी एक जूती दान में दी है, जिसकी नीलामी सन्ध्या के समय सरे-बाजार की जाएगी। यह बात पूरे शहर की जुबान पर चढ़ गई तथा सब चटखारे लेकर नवाब साहब की कंजूसी की चर्चा करने लगे।

बात नवाब के कारिन्दों ने उन तक पहुँचाई–हुजूर, इस नीलामी से तो आपकी बड़ी बदनामी होगी। सो क्यों न कुछ तुरन्त किया जाए ताकि बदनामी से बचा जा सके!

कारिन्दों ने तुरन्त मध्यस्थ की भूमिका निभाते हुए दोनों की बात कराई तथा नवाब साहब ने भरपूर दान देकर उस सत्कार्य में सहयोग दिया।

इसी प्रकार एक अन्य उदाहरण गोस्वामी तुलसीदास का है। प्रेम-वियोग में पागल हो जब वे साँप को रस्सी समझ पत्नी के कक्ष में पहुँचे और अपमानित हुए तो इसमें भी क्षोभ व दुख मनाने के बजाय अच्छाई ढूँढ़कर शेष जीवन रामचरितमानस के सृजन में लगा दिया।

बात का लुब्बे-लुबाब यह है कि सरल तथा आसान मार्ग पर तो सब चल लेते हैं, लेकिन मजा तो तब है जब आप विपरीत परिस्थितियों को भी अनुकूल ढाल सकें। धारा के विपरीत तैरने में ही आपकी क्षमता विकसित होती है तथा आप जीवन में आगे की जंग के लिए और मजबूत होकर उभरते हैं। अतएव बुरी से बुरी स्थिति को अनुकूल बनाने का सोच तथा धैर्य जीवन में अपनाने का यत्न पूरी ईमानदारी तथा लगन के साथ कीजिए।

धारा के विपरीत तैरने में ही आपकी क्षमता विकसित होती है तथा आप जीवन में आगे की जंग के लिए और मजबूत होकर उभरते हैं। अतएव बुरी से बुरी स्थिति को अनुकूल बनाने का सोच तथा धैर्य जीवन में अपनाने का यत्न पूरी ईमानदारी तथा लगन के साथ कीजिए।

प्रेम का बन्धन सही प्रबन्धन

(Bond of Love, The Right Management)

प्रकृति में प्रेम की महत्ता सर्वश्रेष्ठ मानी गई है। ईश्वर ने अपनी सारी प्रतिभा, कला, शक्ति व सामर्थ्य के साथ सम्पूर्ण सृष्टि अर्थात पेड़, फल, फूल, नदी, पहाड़ इत्यादि जैसी श्रेष्ठ रचनाओं को रचते हुए अपने सम्पूर्ण व्यक्तित्व को दाँव पर लगाया। फिर इसका आनन्द प्राप्त करने के लिए रचे गए पशु, पक्षी और सबसे अन्त में मानव। और उसे मात्र यह सन्देश दिया कि इन सबको प्रेमपूर्वक सहेजते हुए उपभोग करो। किन्तु हाय रे मानव मन की फितरत कि उसने उपभोग का मंत्र तो ग्रहण कर लिया, लेकिन प्रेम का नहीं। उसने अपना पूरा जोर भौतिक सुख साधन की येन केन प्रकारेण प्राप्ति में ही लगा दिया बगैर इस बात की फिक्र किए कि इच्छाएँ आकाश होती हैं, जिनका न तो कोई ओर होता है और न छोर।

प्रेम की व्याख्या में अनेक ग्रन्थ लिखे गए हैं। सारे धर्मग्रन्थों का सार भी यही है। ढाई आखर के इस शब्द में सुख का सागर हिलोरें लेता है, बशर्ते हम उसको आचरण में उतार पाएँ। निजी, सामाजिक व प्रबन्धन के क्षेत्र में तो यह बेहद आवश्यक है कि जिनके साथ काम करना हो उनका प्रेमपूर्वक खयाल रखते हुए सफलता की सीढ़ी चढ़ा जाए।

लेकिन विडम्बना तो यह है कि ऐसा होता नहीं। ऊँचे पद की सीढ़ियाँ चढ़ते समय आदमी का दिल छोटा होता जाता है। वह साथियों को सीढ़ी मात्र समझने लगता है तथा ऊपर चढ़ते ही उसे हटा देता है ताकि दूसरे ऊपर न चढ़ सकें। यह न केवल अनुचित बल्कि निन्दाजनक

एक घर के बाहर तीन अत्यन्त बूढ़े व्यक्ति बैठे थे। उनकी सफेद और लम्बी-लम्बी दाढ़ियाँ हवा में लहरा रही थीं। घर की मालकिन, जो कि कुछ देर को घर से बाहर गई थी, जब लौटकर आई तो उसने इन तीन बूढ़ों को देखा। उसे बड़ा आश्चर्य हुआ।

है। भौतिक सुख, समृद्धि व सम्पन्नता ने प्रेम की जगह ले ली है। ये तीनों प्रेम के अनुगामी (Follower) हैं, जबकि प्रेम इनका नहीं। वह तो अपने आपमें सम्पूर्ण है।

एक घर के बाहर तीन अत्यन्त बूढ़े व्यक्ति बैठे थे। उनकी सफेद और लम्बी-लम्बी दाढ़ियाँ हवा में लहरा रही थीं। घर की मालकिन, जो कि कुछ देर को घर से बाहर गई थी, जब लौटकर आई तो उसने इन तीन बूढ़ों को देखा। उसे बड़ा आश्चर्य हुआ। उसने कहा–माफ कीजिएगा, मैंने आप लोगों को पहचाना तो नहीं, पर फिर भी यह भोजन का समय है, सो आप लोग अन्दर पधारें और भोजन ग्रहण करें।

उनमें से एक बूढ़े ने महिला को देखा और पूछा–क्या घर के अन्दर घर का मालिक है?

महिला ने उन्हें बताया कि उसका पति घर पर नहीं है और वह शाम तक ही लौटेगा। जबाव सुनकर उसी बूढ़े ने कहा–तब तो हम अन्दर नहीं आ सकते। महिला ने कुछ सोचा और अन्दर चली गई।

शाम के समय उसका पति घर लौटा। पत्नी ने सारी बात उसे सुना दी। सारी बात सुनकर पति ने कहा कि अब वह बाहर जाकर उन्हें सादर आमंत्रित करे। महिला ने बाहर जाकर उन तीन बुजुर्गों से घर के अन्दर चलने का आग्रह किया।

इस बार दूसरे बूढ़े ने जवाब दिया–हम तीनों एक समय में एक साथ, एक जगह नहीं जाते। आप हममें से किसी एक को चुन लें।

आश्चर्यचकित महिला ने सवाल किया–ऐसा क्यों?

इसका नाम है, सम्पन्नता। बूढ़े ने अपने एक साथी की ओर इशारा करते हुए उत्तर दिया। मेरा नाम है सफलता और इस तीसरे का नाम है प्रेम। अब तुम अन्दर जाओ और अपने पति के साथ विचार कर हमें बताओ कि हममें से किसे अन्दर बुलाना चाहोगी।

महिला ने अन्दर जाकर सारी बात पति को सुनाई। पति ने खुशी से कूदते हुए कहा–अगर यह बात है तो सम्पन्नता को अन्दर बुला लो।

पत्नी ने असहमत होते हुए कहा–क्यों न हम सफलता को ही अन्दर बुला लें।

घर के अन्दर बैठी बेटी, जो अब तक चुप थी, बोली–क्यों न हम प्रेम को अन्दर आमंत्रित करें। कितना अच्छा होगा जब हमारा सारा घर प्रेम से भर जाएगा।

पति-पत्नी ने एक-दूसरे को देखा और मुस्कराए। उन्हें बेटी की बात भा गई थी। सो महिला बाहर गई और प्रेम को आमंत्रित किया। प्रेम ने न्योता पाकर ज्यों ही कदम घर की ओर बढ़ाए, शेष दो भी उसके पीछे-पीछे चल पड़े।

महिला ने सवाल किया कि उसने तो मात्र प्रेम को अन्दर आमंत्रित किया था, फिर बाकी दो किस तरह चल पड़े हैं। इस पर तीनों बूढ़े एक साथ बोले–अगर तुमने सम्पन्नता अथवा सफलता को बुलाया होता, तो बाकी दो बाहर रह जाते मगर तुमने प्रेम को अन्दर बुलाया और जहाँ प्रेम अन्दर जाता है, वहाँ हम तीनों साथ जाते हैं।

यह सुनकर महिला बहुत प्रसन्न हुई और तीनों को सादर अन्दर ले गई।

प्रेम से सफलता और सफलता से सम्पन्नता का बहुत गहरा रिश्ता है। बिना प्रेम भाव के सम्पन्नता और सफलता का मूल्य कुछ भी नहीं है।

याद रखिए, जब आपका अपने सहयोगियों के साथ व्यवहार प्रेम से परिपूर्ण होगा तभी वे न केवल मन लगाकर काम करेंगे बल्कि आपकी सफलता में ही अपनी सफलता समझेंगे तथा उसे सुनिश्चित करेंगे।

अपने सेवाकाल के दौरान अपने साथियों का भरपूर प्यार, सम्मान और सहयोग मुझे मिला। प्यार से उनके कन्धे पर रखे एक हाथ ने उनमें ऐसी ऊर्जा भरी कि उन्होंने सब कुछ दाँव पर लगाते हुए अपना सर्वश्रेष्ठ संस्थान को दिया। इस मामले में कंजूस तो उच्च स्तर के अधिकारी निकले। मेरे एक पूर्व निदेशक ने तो मेरी एक छोटी सी बात पर खुलकर हँसते हुए सहमति जाहिर की थी और वह बात यह थी कि साधारण वर्कर

को जीतना बड़ा आसान है। एक छोटी-सी प्यार व सहानुभूति से भरी बात उन्हें आपके दिल से जोड़ देती है, जबकि अफसरों के सामने यदि दिल भी निकालकर रख दें तो यही सुनने को मिलेगा कि इसका क्या करें। इससे हमें क्या मिलेगा। इसीलिए तमाम उम्र मेरा अपने साधारण सहयोगियों में विश्वास बना रहा जिसे उन्होंने पूरी श्रद्धा व विश्वास के साथ निभाया। यही कारण है कि उनसे मेरा प्रत्यक्ष तथा जीवन्त सम्पर्क भी बना रहा न कि उनके अफसरों के माध्यम से।

ढाई आखर प्यार में सिमटे वेद पुराण,
खिदमत में जीवन कटे कहती यही कुरान।

प्रेम से सफलता और सफलता से सम्पन्नता का बहुत गहरा रिश्ता है। बिना प्रेम भाव के सम्पन्नता और सफलता का मूल्य कुछ भी नहीं है।

जब राम सीता और लक्ष्मण सहित चौदह वर्षों के लिए वन जाने लगे और सबसे विदा ले चुके तो अन्त में वे आशीर्वाद लेने के लिए गुरु वसिष्ठ के पास गए। गुरु वसिष्ठ ने कहा—राम, यदि वन जाने के लिए तुम्हारा मन न हो तो मुझे निःसंकोच कह दो। मैं अभी स्वयं महारानी से कहकर यह आज्ञा रद्द करवा दूँगा।

दुख से करें दोस्ती
(Be Friendly with Sorrow)

दुख से दोस्ती शीर्षक देखकर चौंकिए नहीं। इस शीर्षक में गूढ़ अर्थ निहित है। बात को कुछ यूँ समझें कि जीवन एक पैकेज है, जिसमें हर चीज तयशुदा है। इसमें सुख-दुख, हानि-लाभ, अच्छा-बुरा सबका सम्मिश्रण है। जीवन में हर समय सब कुछ अच्छा ही होगा, यह सम्भव ही नहीं। और एक क्षण के लिए सोच भी लें कि सब अच्छा ही होगा तो याद रखें फिर जीवन से आनन्द भी विदा हो जाएगा तथा वह एकरसता से ग्रस्त होकर अपनी अस्मिता तथा सार्थकता खो देगा। सपाट मार्ग पर चलते रहने में कोई आनन्द नहीं। इससे न तो हमारा सामर्थ्य बढ़ेगा, न साहस और न ही दुरूह मार्ग पर संघर्षरत रह विजय प्राप्ति का अलभ्य सुख मिलेगा। आसानी से प्राप्त वस्तु अपनी महत्ता खो देती है। नरम गद्दे पर बैठकर मुफ्त के काजू से तो संघर्षपूर्ण जीवन में प्राप्त चने का स्वाद अधिक रुचिकर तथा स्वास्थ्यप्रद होता है।

इसलिए जीवन में दुख, कष्ट व तकलीफों से घबराने के बजाय उनका स्वागत कीजिए। इससे आपकी संघर्षशीलता तथा विपरीत परिस्थिति में भी विजय प्राप्त कर सकने की क्षमता का विकास होता है। अपनी आन्तरिक प्रतिरोधक क्षमता बढ़ाने का इससे अच्छा कोई उपाय नहीं कि हम विपत्ति का स्वागत तथा सामना करें। जीवन में सुख तथा दुख दोनों अवश्यम्भावी हैं। इन्हें होनी भी नहीं टाल सकती। लेकिन सुख के बाद दुख जितना कष्टकारी होता है दुख के बाद सुख उतना ही आह्लादकारी। किसी काँटो भरे मार्ग से सुगम मार्ग पर आने के बाद जो सुख मिलता है, वह सुगम के पश्चात् काँटो भरे मार्ग पर विचरण से नहीं।

जब राम सीता और लक्ष्मण सहित चौदह वर्षों के लिए वन जाने लगे और सबसे विदा ले चुके तो अन्त में वे आशीर्वाद लेने के लिये गुरु वसिष्ठ के पास गए। गुरु वसिष्ठ ने कहा—राम, यदि वन जाने के लिए तुम्हारा मन न हो तो मुझे निःसंकोच कह दो। मैं अभी स्वयं महारानी से कहकर यह आज्ञा रद्‌द करवा दूँगा।

राम की आँखें छलछला आईं। वसिष्ठजी के चरणों में सिर नवाकर वह बोले—क्षमा करें, भगवन! राम को सुख नहीं चाहिए। सुख के लिए मेरा जन्म नहीं हुआ। राम तो आज आपसे दुख माँगने आया है। मुझे आशीर्वाद दें, गुरुदेव, दुख का आशीर्वाद।

दुख क्यों वत्स? वसिष्ठ ने अचरज में भरकर पूछा।

राम ने झुके नेत्रों से वसिष्ठ के चरणों में प्रणाम करते हुए कहा—देव! इन श्रीचरणों की ही तो शिक्षा है कि सुख का देश केवल योजन भर का है, लेकिन दुख का देश आकाश की तरह निस्सीम। मुझे योजन भर के देश का राजा बनना मान्य नहीं है। मैं आर्य हूँ, पराक्रमी हूँ और आपका शिष्य हूँ। मुझे निस्सीम देश का राज्य चाहिए। प्रभु! राम को सीमा मत दीजिए, विस्तार दीजिए।

राम की लगन में देश की सनातन साधना को इस प्रकार फलीभूत होते देख मुनि वसिष्ठ का हृदय आनन्द विभोर हो उठा। उन्होंने राम को हृदय से लगा लिया।

जाओ वत्स! दुख की खोज में जाओ। सीमाएँ ही नहीं, काल भी तुम्हें शीश नवाएगा।

याद रहे, दुख की घड़ी में ही हम आत्मचिन्तन तथा अन्तस का विश्लेषण कर पाते हैं। स्वयं से साक्षात्कार का यही अवसर है। सुख में सुमिरन की किसे चिन्ता रहती है! आदमी यदि वही कर ले तो फिर दुख ही क्यों उपजे!

कहा गया है बगैर मजबूरी के महात्मा कोई नहीं बनता। इसलिए दुख के साम्राज्य के भागीदार बनिए। यही आदमी को आदमी से जोड़ता है। सुख का साथ तो पल दो पल का होता है। दुख का अँधेरा आते ही वह छाया के सदृश आदमी का साथ छोड़ देता है। यह दुख ही है जो हमें सबसे जोड़ता है। खुद से साक्षात्कार का अवसर देता है तथा समस्या से पार पाने हेतु साहस व आगे के जीवन में उत्साह को कायम रख पाने की शक्ति देता है।

दुख का स्वयं अपने जीवन में अनुभव कर पाने के बाद ही तो हम अपने संगी-साथियों, सहकर्मियों के दुख के प्रति संवेदनात्मक रुख अपना सकते हैं। उनके दर्द को अपना समझकर उसमें सहभागिता कर सकते हैं। नेतृत्व का यह एक ऐसा प्रभावी गुण है जो सहयोगियों के मन में आपके प्रति न केवल आदर का भाव उत्पन्न करता है बल्कि समूह भाव को उपजाता है। संगठन की सकारात्मक शक्ति यहीं से उभरती है। नेतृत्व तभी एक अधिनायकवादी चरित्र न रहकर परिवार के मुखिया का स्वरूप प्राप्त कर लेता है जो सबको साथ लेकर पूरी सहानुभूति तथा संवेदना के साथ मिल-जुलकर लक्ष्य सन्धान की ओर बढ़ता है। तब कठिन व असम्भव लक्ष्य न केवल सरल हो जाता है बल्कि सृजनात्मकता का आचरण लेकर स्वयं कर्ता की ओर कदम बढ़ा लेता है।

यही है दुख से दोस्ती का दर्शन जिसे अपनाकर आप न केवल सफल होते हैं बल्कि समय की शिला पर अमिट छाप छोड़ते हैं।

दुख का स्वयं अपने जीवन में अनुभव कर पाने के बाद ही तो हम अपने संगी-साथियों, सहकर्मियों के दुख के प्रति संवेदनात्मक रुख अपना सकते हैं। उनके दर्द को अपना समझकर उसमें सहभागिता कर सकते हैं।

प्रबन्धक का तो काम ही यह है कि भविष्य को नज़र में रखते हुए कोई भी योजना पूरी सावधानी (meticulously) से बनाए तथा फिर उसे अमली जामा पहनाए।

दृष्टि रखें दूर तक
(Keep Foresight)

हममें से हर एक आदमी अपनी बुद्धि की धरोहर के साथ जन्मा है। समय के साथ वह लगातार बढ़ती रहती है। जानकारी व ज्ञान का कोष उसमें सतत अभिवृद्धि करता रहता है। छोटे से छोटा बालक अपनी मेहनत तथा अभ्यास से एक दिन उच्चतम शिखर पर पहुँच जाता है। लेकिन जो इसमें आलस्य करते हैं, वे पछताने के अतिरिक्त कुछ नहीं कर पाते। कहा गया है–जीवन न तो फूलों की शय्या है और न काँटों की सेज। इसमें आपको हर दौर और हर अनुभव से गुजरना पड़ता है और वही कालान्तर में आपकी शक्ति बनता है। आसान राह पर चलनेवालों को जुझारूपन तथा आत्मविश्वास की दौलत नहीं मिल पाती।

कहा भी गया है–जीवन के आरम्भिक काल में मेहनत करके बालक अच्छी पढ़ाई कर ले तो आगे सुनहरा भविष्य खुद उसके लिए स्वागत के दरवाजे खोलकर खड़ा रहता है और यदि आलस कर गया तो शेष जीवन में खटते रहने के अलावा कुछ नहीं बचता। पहले थोड़ा सा दुख बाद में सुख की सौगात लेकर आता है तथा पहले पाया सुख बाद में दुख के अलावा कुछ नहीं देता।

जैसे एक बालक दूरदर्शी बनकर भविष्य के सपने बुनता है तथा फिर कड़ी मेहनत से उसे प्राप्त करता है, तकरीबन यही बात कमोबेश संस्था के सन्दर्भ में प्रबन्धन पर भी लागू होती है। प्रबन्धक का तो काम ही यह है कि भविष्य को नजर में रखते हुए कोई भी योजना पूरी

सावधानी (meticulously) से बनाए तथा फिर उसे अमली जामा पहनाए। एक बात याद रहे कि किसी भी संस्था में जहाँ दैनिक कार्य मध्यम वर्ग का कर्मचारी करता है, वहीं बुद्धि को इस्तेमाल करते हुए सटीक योजना बनाना उच्च स्तर पर बैठे लोगों की जिम्मेदारी होती है, जिसे पूरी ईमानदारी से निभाया जाना चाहिए।

पर आमतौर पर देखा यह गया है कि ऊपरवाले लोग भी दूरदृष्टि से परे रहते हुए दैनिक कार्यों में अपना समय खपाया करते हैं। इसमें दो नुकसान हैं। पहला यह कि उनके साथ काम करनेवालों का उत्साह व स्वतंत्रता समाप्त हो जाती है तथा दूसरे उनके पास सोच के साथ आगे की योजना बनाकर उसे सही आकार देने हेतु समय ही नहीं बचता तथा उसकी उपेक्षा होती है।

वर्तमान मैनेजमेंट में समय के उपयोग के सन्दर्भ में जो एक प्रसिद्ध सिद्धान्त है वह इस प्रकार है–

	दैनिक कार्य (वर्तमान)	**योजना रूपी कार्य (भविष्य)**
सामान्य कर्मचारी	100	–
साधारण प्रबन्धन	70	30
मध्य प्रबन्धन	50	50
उच्च	10	90

इस सन्दर्भ में बगैर किसी राजनीतिक पूर्वग्रह के सबसे अच्छा उदाहरण तो हमारे ही देश के दो प्रधानमंत्रियों का है। पंडित जवाहरलाल नेहरू दूरदृष्टा (visionary) थे। आजादी के समय देश के पास प्रगति के लिए न तो दौलत थी और न ही संसाधन। ऐसे में दूरगामी आवश्यकताओं को दृष्टिगत रखते हुए पं. नेहरू ने एक ओर जहाँ भाखड़ा नांगल, गांधी सागर जैसी महती योजनाओं को जन्म दिया

वहीं दूसरी ओर औद्योगिक क्षेत्र में बड़े-बड़े कारखाने, स्टील प्लांट इत्यादि लगाए। इन सबके लिए पैसों का इन्तजाम भी बाहर से खुद ही किया। यदि पचास के दशक में यह सब न किया गया होता तो हम भी आज पिछड़े देशों की कतार में अन्तिम छोर पर खड़े होते।

इसके बाद के क्रम में आते हैं अटल बिहारी वाजपेयी, जिनने नेहरू की उदारवादी परम्परा को आगे बढ़ाया व संसाधनों (Infrastructure) की मजबूती के लिए योजनाएँ बनाकर लागू किया। पहले पाँच दशक में प्राप्त एक लाख मेगावाट विद्युत उत्पादन को अगले दस वर्ष में दुगुना करने की योजना को मूर्तरूप दिया। औद्योगिक उन्नति के लिए चतुर्भुज सड़क योजना द्वारा पूरे देश को जोड़ने का जतन किया। जनहित में 6 ऑल इंडिया मेडिकल इंस्टीट्यूट की स्थापना का यत्न किया। दरअसल वे भी नेहरू की उदारवादी तथा सहिष्णु नेतृत्व परम्परा की ही अगली कड़ी रहे हैं।

ऐसा नहीं कि अन्य लोगों ने ऐरो प्रयत्न नहीं किए। बदलती दुनिया के साथ कदम मिलाने की मजबूरी ने भी अनेक नेताओं को अपने प्रदेश में दूरगामी सोच के लिए प्रेरित किया। कुल मिलाकर बात यही है कि वर्तमान चुनौती के सामने दूरगामी सोच एक अनिवार्य अंग बन गई। कहा भी तो गया है–Survival of the fittest अर्थात केवल समर्थ ही जी सकेगा तथा आज इसके लिए भविष्य की जरूरतों को दृष्टिगत रखते हुए योजना बनाए बगैर कोई कौम जिन्दा नहीं रह सकती। यही बात संस्था के सन्दर्भ में भी शत प्रतिशत लागू होती है। कोई भी संस्थान भविष्य की चुनौतियों, आवश्यकताओं को नजरअन्दाज कर आगे बढ़ ही नहीं सकता तथा इसके लिए अनिवार्य है प्रबन्धन में दूरगामी सोच की शक्ति।

अतएव यह स्वयंसिद्ध है कि जीवन में भविष्य के प्रति दूरदृष्टि रखे बगैर आदमी survive ही नहीं कर पाएगा। आदमी, समाज, संस्थान या देश का जीवन एक-दो दिन अथवा एक-दो माह का नहीं होता। उसे लम्बी पारी खेलनी होती है एवं उसके आगे के लिए बड़ा

सोच रख सकने की क्षमता ही उसकी सफलता का आधार तय करती है। केवल आज का सोचकर रहने से आनेवाला कल जब काल बनकर आएगा तो आदमी ध्वस्त हो जाएगा।

कोई भी संस्थान भविष्य की चुनौतियों, आवश्यकताओं को नजरअन्दाज कर आगे बढ़ ही नहीं सकता तथा इसके लिए अनिवार्य है प्रबन्धन में दूरगामी सोच की शक्ति।

निर्णय लें सुविधा से, दुविधा से नहीं
(Decision by Convenience and not by Confusion)

सही समय पर सही सोच के साथ सही निर्णय लेने की क्षमता सही प्रबन्धन की सार्थकता को सिद्ध करती है। औपचारिक शिक्षा या डिग्री केवल एक हद तक ही आपकी सहायता कर सकती है। वह आपको केवल एक धरातल उपलब्ध कराती है, जिस पर खड़े होकर आप अपने निर्णय रूपी रॉकेट को लांच कर सकते हैं पर उसकी दशा तथा दिशा निर्धारित करने के लिए आपको अपनी बुद्धि का सही, समुचित तथा सार्थक उपयोग करना होगा। यह मात्र शैक्षणिक ज्ञान से प्राप्त नहीं होता बल्कि उसके माध्यम से अपनी मानसिक शक्ति के विकास से प्राप्त होता है।

इस कार्य में कोई बाहरी तत्त्व आपकी सहायता भी नहीं कर सकता, क्योंकि यह तो सतत चलनेवाली क्रिया है जिसके तहत आपको अनेक अवसरों पर परिस्थिति के अनुसार निर्णय लेने होते हैं। उसमें थोड़ी सी भी देर अवसर चूक जाने के पश्चात् पछतानेवाली स्थिति को जन्म दे देती है। फिर सिवाय साँप निकल जाने के बाद लाठी पीटने के अतिरिक्त आप कुछ भी नहीं कर सकते।

यह प्रतिभा जन्मजात न हो तब भी इसे थोड़े परिश्रम, थोड़ी एकाग्रता एवं सही मनोदशा के माध्यम से प्राप्त कर सकते हैं। इसके लिए अत्यधिक कुशाग्र होना कतई जरूरी नहीं है; बल्कि सामान्य ज्ञान (Common Sense) तथा उसका सही समय पर सही सोच के साथ उपयोग करके इसे प्राप्त किया जा सकता है। उचित समय पर उचित निर्णय द्वारा कई बार साधारण व्यक्तित्व का धनी भी तथाकथित अत्यधिक कुशाग्रता का दम्भ भरनेवाले आदमी से आगे निकल जाता है।

और तभी दोनों ने देखा कि एक शेर कहीं से आकर अचानक उनके सामने प्रकट हो गया। बिल्ली तुरन्त पेड़ पर चढ़ गई जबकि सियार गम्भीर चिन्तन में डूब गया कि शेर से बचाव हेतु कौन सा उपाय अधिक उपयुक्त रहेगा, जिसे अपनाना चाहिए।

एक बार एक सियार तथा बिल्ली की घने जंगल में मुलाकात के दौरान मित्रता हो गई। वे दोनों गहरे दोस्तों के समान साथ रहने लगे। आपसी चर्चा के दौरान एक बार सियार ने बिल्ली से पूछा–अचानक शेर से सामना हो जाए तो वह क्या करेगी।

बिल्ली ने कहा–मुझे एक तरीका मालूम है और वह यह है कि जितनी जल्दी हो सके पेड़ पर चढ़ जाओ।

फिर उसने सियार से पूछा–ऐसी स्थिति में वह क्या करेगा?

सियार ने कहा–अरे चिन्ता की कोई बात नहीं, मुझे तो शेर से बचने के 101 तरीके मालूम हैं। उदाहरण के लिए मैं झाड़ी में छुप सकता हूँ, चट्टानों पर चढ़ सकता हूँ, पेड़ की आड़ में छुप सकता हूँ या फिर किसी गुफा में छुप सकता हूँ आदि-आदि।

और तभी दोनों ने देखा कि एक शेर कहीं से आकर अचानक उनके सामने प्रकट हो गया। बिल्ली तुरन्त पेड़ पर चढ़ गई जबकि सियार गम्भीर चिन्तन में डूब गया कि शेर से बचाव हेतु कौन सा उपाय अधिक उपयुक्त रहेगा, जिसे अपनाना चाहिए।

इस बीच शेर ने सियार को दबोच लिया तथा उसे अपनी तमाम जानकारी के होते हुए भी दुविधाग्रस्त होने की कीमत प्राण देकर चुकानी पड़ी।

याद रखिए, वर्तमान युग तकनीकी जानकारी (Information Technology) का युग है। इसमें ज्ञान तथा जानकारी का अथाह भंडार कम्प्यूटर पर माउस की एक क्लिक के साथ सामने प्रकट हो जाता है। पर अधिकाधिक जानकारी अथवा उपाय से भी जटिलता तथा समस्या उपज जाती है। वर्तमान में एक वैज्ञानिक तथा सामाजिक विश्लेषण में यह बात उभरकर सामने आई है कि जीवन में असन्तोष तथा अधिकाधिक उपाय एक दूसरे के समानुपाती हैं।

असल में अधिकाधिक युक्ति से हमारे मस्तिष्क पर सही निर्णय लेने हेतु अत्यधिक दबाव तो पड़ता ही है, साथ ही निर्णय में देरी भी हो जाती है। ऐसी स्थिति आपकी गहन सोच क्षमता को प्रभावित करती है तथा आपके अन्तस में असुरक्षा को जन्म दे सकती है। यहाँ तक कि कई

बार भ्रम की स्थिति पैदा हो जाने से गलत निर्णय की सम्भावना तक बढ़ जाती है।

याद रहे, बढ़ती तकनीक के साथ आपका मस्तिष्क सूचना का भंडार बनता जाएगा। ऐसे में अत्यावश्यक है कि आप रेशम का वह कीड़ा न बनें जो अपने जाल में उलझकर प्राण खो बैठता है। जानकारी साधन है साध्य नहीं। इसके चक्रव्यूह में जो फँस जाता है वह कभी बाहर नहीं निकल पाता। अतः हमें लक्ष्य को ध्यान में रखते हुए बगैर किसी दुविधा के सुविधायुक्त तरीके से निर्णय पर पहुँचने का मार्ग अपनाना चाहिए।

जानकारी साधन है, साध्य नहीं। इसके चक्रव्यूह में जो फँस जाता है वह कभी बाहर नहीं निकल पाता। अतः हमें लक्ष्य को ध्यान में रखते हुए बगैर किसी दुविधा के सुविधायुक्त तरीके से निर्णय पर पहुँचने का मार्ग अपनाना चाहिए।

ईश्वर का हाथ : सदा रखें साथ

(God's Hand : Keep Hand in Hand)

ईश्वर जीवन का एक अनिवार्य अंग है भले वह आकार रूपी हो या निराकार रूपी। यहाँ हम ईश्वर के अस्तित्व, उसके होने या न होने की बहस में पड़ने के बजाय मानव जीवन में उसकी अनिवार्यता की बात कर रहे हैं। नास्तिक भी भले ही ईश्वर के अस्तित्व को नकारें, लेकिन वे भी यह तो स्वीकारने से इंकार नहीं कर सकते कि उनके अपने निजी जीवन में भले ही वे पूजा उपासना के उस स्वरूप को न प्राप्त कर सके जो सर्वमान्य है, पर उन्हें भी कठिनाई के क्षणों में एक मनोवैज्ञानिक सहारे की आवश्यकता अनुभव होती है।

बात और आगे बढाएँ तो पाएँगे कि जीवन में एक न एक खूँटे की जरूरत रहती है। जैसे पशु सारे दिन चरकर सन्ध्या समय फिर खूँटे पर लौट आते हैं खुद-ब-खुद बँध जाने के लिए। यह खूँटा ही उनके मन में सुरक्षा की भावना उपजाता है। बच्चे के लिए उसकी माँ का आँचल ही उसका खूँटा है, जिसमें मुँह ढाँककर वह संसार की सारी दुष्टता से सुरक्षा पा लेता है। हरेक का अपना एक खूँटा होता है जो उसे मनोवैज्ञानिक रूप से सुरक्षित रखता है और हर कठिनाई या दुख के पल में उसे उसकी याद पूरी शिद्दत से आने लगती है। हरेक का आश्रय-स्थली या आसरा यही है। यही बात तो सन्त कबीर ने भी कही है–जैसे उड़ि जहाज को पंछी पुनि जहाज पे आवै।

अब इसको थोड़ा और आगे बढ़ाएँ तो पाएँगे कि जीवन का जो स्थायी खूँटा है, वह ईश्वर ही है। हर मुश्किल के पल में वह अदृश्य

उसका पति हँस पड़ा। उसने अपनी म्यान में से तलवार निकाली और अपनी पत्नी के गले पर रख दी। उसकी पत्नी हँसने लगी। नवयुवक कहने लगा—तुम्हारी गर्दन पर मैं नंगी तलवार रखे हुए हूँ और फिर भी तुम हँस रही हो?

होते हुए भी सदा हमारे साथ खड़ा रहता है। याद करिए कठिनाई के क्षणों में हम जब प्रार्थना करते हैं तो कितनी शान्ति तथा साहस प्राप्त होता है। हमारा परिवेश, वातावरण मात्र जीवन का भौतिक पक्ष है तथा जितनी आवश्यकता भौतिक संसाधनों की होती है उतनी ही या उससे अधिक मनोवैज्ञानिक सहारे की। साहस शरीर से अधिक मन का होता है और इसके लिए आत्मा की मजबूती अनिवार्य है।

धर्म कोई भी हो पर हर एक का एक न एक आस्था, विश्वास व श्रद्धा का केन्द्र होता है। उसे किसी ने नहीं देखा और न ही वह हमारे दैनिक जीवन में किसी भी प्रकार की बाधा पैदा करता है, पर फिर भी जब आप कोई गलत कार्य करते हैं तो आपकी आत्मा आपको धिक्कारती है। उस समय आपके जमीर में आपका ईश्वर ही होता है। आपने देखा होगा ईश्वर के अस्तित्व को नकारनेवाले घोर से घोर नास्तिक भी सार्वजनिक रूप से चाहे जो कहते हों पर व्यक्तिगत जीवन में पूरी तरह धार्मिक होते हैं। परम्पराओं का पालन करते हैं।

प्रगतिशीलता का चोला ओढ़कर भले ही आप ईश्वर को नकार दें, पर हजारों के विश्वास की थाती को नकारना तो उचित नहीं। इस सन्दर्भ में 'गाइड' फिल्म के राजू का छोटा-सा वाक्य मुझसे आज भी अपील करता है। जब उस पर साधुपन थोपकर अनशन पर बैठा दिया गया, तब एक पत्रकार द्वारा उससे ईश्वर पर विश्वास के सन्दर्भ में पूछे जाने पर देवानन्द ने कहा था—मैं नहीं जानता ईश्वर है या नहीं। लेकिन उस पर इतने लोगों का विश्वास है और इनके विश्वास में ही मेरा विश्वास है। यह विश्वास ही हमारी थाती है।

एक नवयुवक का विवाह हुआ, वह अपनी दुल्हन को लेकर समुद्री जहाज से यात्रा पर निकला। कुछ ही दिन बाद समुद्र में तूफान आ गया, जहाज काफी पुराना था, सो तूफान के वेग के आगे डगमगाने लगा। सब यात्रियों में भय व्याप्त हो गया। लगने लगा कि जहाज अब डूबा, अब डूबा। मौत का मंजर सामने आने लगा तो

सबकी आँखों में खौफ व्याप्त हो गया। उस सबसे बेखबर वह नवयुवक सहज बैठा हुआ था। उसकी नई-नवेली पत्नी जीवन के सफर की शुरुआत में ही ऐसा संकट देखकर घबराने लगी और थर-थर काँपने लगी।

उसने अपने पति से पूछा—जहाज डूबनेवाला है, मौत सामने खड़ी है और आप शान्तचित्त कैसे बैठे हो?

उसका पति हँस पड़ा। उसने अपनी म्यान में से तलवार निकाली और अपनी पत्नी के गले पर रख दी। उसकी पत्नी हँसने लगी। नवयुवक कहने लगा—तुम्हारी गर्दन पर मैं नंगी तलवार रखे हुए हूँ और फिर भी तुम हँस रही हो?

उसकी पत्नी ने कहा—मुझे तुमसे प्रेम है, तो तुम्हारी तलवार से भय मालूम नहीं होता।

नवयुवक ने कहा—मुझे भगवान से प्रेम है, इसलिए तूफान से या मौत से भय मालूम नहीं होता। सच है, जहाँ प्रेम है वहाँ भय की कोई सम्भावना नहीं है। मनुष्य के व्यक्तित्व के केन्द्र पर हजारों सालों से भय का अधिकार छाया हुआ है। भय चूँकि नकारात्मक स्थिति है, इसलिए यह मनुष्य के व्यक्तित्व को भी नकारात्मक बना देता है। जो मनुष्य इस स्थिति से उबरकर अपना व्यक्तित्व निखारता है, वही जगत में अपनी विशिष्ट पहचान बनाने में कामयाब होता है।

इसलिए आप ईश्वर पर विश्वास अवश्य रखें और यदि उसके अस्तित्व पर ही आपको यकीन न हो तो भी उसे जो भी नाम देना चाहे, उसे उसी रूप में स्वीकारें। आखिरकर जीवन की जंग में अन्दर के साहस तथा आत्मविश्वास की आवश्यकता तो होगी ही और उसके लिए कोई-न-कोई आसरा आपको ढूँढ़ना ही होगा। जब आप प्रार्थना में रत होते हैं, तब वह उस तक पहुँच ही रही है, यह तो किसी ने नहीं देखा, पर उन क्षणों में आपका तन-मन दोनों स्थिर होते हैं। बेचैनी कम होने लगती है तथा धैर्य आपके सोच को बलवान बनाकर आपको आत्मविश्वास प्रदान करते हुए परिस्थिति से सामना करने हेतु मानसिक रूप से तैयार करता है। और यही है वह सम्बल, आसरा,

आश्रय या खूँटा। जिस नाम से भी आप पुकारना चाहें उसके लिए आप स्वतंत्र हैं, लेकिन एक न एक ऐसे मानसिक सहारे की खोज अवश्य करें। इससे आपको गहन दुख के क्षणों में गहन शान्ति का अनुभव होगा।

जिस नाम से भी आप पुकारना चाहें उसके लिए आप स्वतंत्र हैं, लेकिन एक न एक ऐसे मानसिक सहारे की खोज अवश्य करें। इससे आपको गहन दुख के क्षणों में गहन शान्ति का अनुभव होगा।

भगवान महावीर नगर में उपदेश दे रहे थे। उनकी वाणी सुनने के लिए जनता उमड़ पड़ी थी। इन श्रोताओं में एक बहन जयन्ती भी थी। उसने पूछा–भगवन्, मैं जानना चाहती हूँ कि अधिक सोना अच्छा है कि अधिक जागना?

जिज्ञासा को रखें जिन्दा

(Keep Curosity Alive)

धरती पर पदार्पण के बाद की प्रथम शिक्षक न तो माता, पिता है और न ही गुरू। उसकी सबसे पहली शिक्षक खुद उसके अन्दर छुपी रहती है, वह है जिज्ञासा यानी सब कुछ जानने की जिद या जुनून। यही जुनून उसे सतत ज्ञान और अन्त में सफलता की ओर ले जाता है। दरअसल अगर इंसान की जीवन में कुछ नया जानने या सीखने की जिद न हो तो वह मील का पत्थर भर बनकर रह जाएगा। स्कूल, कॉलेज, शिक्षक ये तो उसके जीवन में मात्र उत्प्रेरक (Catalyst) का रोल अदा करते हैं। उसके अन्तस की लौ ही उसे समर्थ बनाती है, और जब तक यह नहीं जागती तमाम सुविधाओं के बीच भी वह नितान्त अकेला तथा संसार से कटा हुआ है।

प्रबन्धन के इस पक्ष का सबसे बड़ा मैनेजमेंट गुरु तो बालक ही है। वह हर तरह की चीजों को कितनी उत्सुकता से देखता है, जानने-समझने की कोशिश करता है अपनी तमाम मजबूरियों के बावजूद। छोटी उम्र में वह न तो लिख सकता है और न बोल पाता है। अपनी इन सीमाओं के बावजूद वह आपको अपने मूक इशारों से सारी बात सुना और समझा देता है। और यहीं से उसका क्रमिक विकास होता है, जो जीवन भर जारी रहता है। और जब तक आदमी में इस उत्सुकता का जज़्बा रहता है वह पूरी उमंग व उत्सुकता के साथ आगे बढ़ता रहता है।

इस बात का सबसे अच्छा अनुभव तो मुझे अपने जीवन में हुआ। हमारे समय में बच्चों के कैरियर की योजना स्कूल में उपलब्ध विषय के माध्यम से होती थी। सो गणित ज्ञान के साथ मैंने इंजीनियरी मेकैनिकल

में की। लेकिन सेवाकाल के दौरान इस विद्या में इतनी प्रगति हुई कि अनेकों नई विधाओं का जन्म हो गया।

और तब मुझे समझ में आया कि इंजीनियरी डिग्री कोई इस ज्ञान की सम्पूर्णता का लाइसेंस नहीं है। यह तो आपके मस्तिष्क को एक धरातल (Base or Platform) (IQ) प्रदान करता है, जहाँ से केवल जिज्ञासा, उत्सुकता तथा कुछ नया सीखने की ललक ही आपको आगे ले जाती है। उसके बगैर आप सफल होना तो दूर, बदलते परिवेश में बने भी नहीं रह पाएँगे।

भगवान महावीर नगर में उपदेश दे रहे थे। उनकी वाणी सुनने के लिए जनता उमड़ पड़ी थी। इन श्रोताओं में एक बहन जयन्ती भी थी। उसने पूछा–भगवन्, मैं जानना चाहती हूँ कि अधिक सोना अच्छा है कि अधिक जागना?

भगवान ने कहा–दोनों ही अच्छे हैं।

जयन्ती को बात समझ में नहीं आई। भला दोनों विपरीत बातें अच्छी कैसे हो सकती हैं? इसके लिए उसने स्पष्टीकरण की प्रार्थना की।

इस पर भगवान महावीर ने कहा–देखो, जो अधर्मी है उसका सोना ही अच्छा है, क्योंकि वे जब तक सोते रहेंगे, अधर्म का काम नहीं करेंगे। और जो धार्मिक हैं, उनका जागना ही अच्छा है, क्योंकि जाग्रत् अवस्था में वे जो कुछ भी करेंगे धर्म का ही कार्य होगा।

जयन्ती ने पुनः प्रश्न किया–भगवन्, विद्या से नम्रता आती है कि अहंकार?

इस पर पुनः भगवान ने कहा–दोनों।

इसको स्पष्ट करते हुए उन्होंने कहा–यदि कोई व्यक्ति आत्म-साधना करता है तो उसमें नम्रता आती है, जबकि कोई लौकिक विद्या प्राप्त करता है तो उसमें अहंकार भी आ जाता है।

अतएव यह स्पष्ट है कि कोई भी आदमी कितना भी विद्वान क्यों न हो सब कुछ जानने का दम्भ नहीं भर सकता। उसके लिए तो नित नया जानने की इच्छा तथा इच्छाशक्ति ही आपको न केवल समय के साथ रखेगी बल्कि हर क्षेत्र में आपको जीवन्त रखते हुए, नित नई सफलताओं

की चोटी पर पहुँचाती रहेगी। इसलिए अपने अन्दर की जिज्ञासा के पौधे को पूरी तरह सहेजते हुए खाद-पानी देते रहें। तभी वह आपके जीवन में सफलता तथा कामयाबी के फूल खिला सकेगा। इसके बाद ही तो आपके सहयोगी आपके गुणों की सुगन्ध को सराहते हुए खुद भी सुवासित हो सकेंगे।

अतएव यह स्पष्ट है कि कोई भी आदमी कितना भी विद्वान क्यों न हो, सब कुछ जानने का दम्भ नहीं भर सकता। उसके लिए तो नित नया जानने की इच्छा तथा इच्छाशक्ति ही आपको न केवल समय के साथ रखेगी बल्कि हर क्षेत्र में आपको जीवन्त रखते हुए, नित नई सफलताओं की चोटी पर पहुँचाती रहेगी।

विलक्षण व्यक्तित्व के धनी शंकराचार्य ने काशी की पूरी विद्वत् परिषद को भी परास्त किया। तब कश्मीर में मंडन मिश्र की भार्या का नाम बड़े आदर के साथ लिया जाता था। कश्मीर नरेश ने उनकी ख्याति सुन उन्हें शास्त्रार्थ के लिए आमंत्रित किया।

नीर से बहें : एक जगह न रुकें
(Be not Stagnant : Flow Like Water)

परिवर्तन प्रकृति का नियम है। संसार में हर चीज हर पल बदल रही है। चाँद, तारे, सूरज, पृथ्वी तथा अन्तरिक्ष की पूरी व्यवस्था गतिशील एवं परिवर्तनशील है। परिवर्तन के प्रति सकारात्मक रुख अपनाए बिना प्रगति असम्भव है। बहता हुआ नीर ही निर्मल होता है जबकि थमा हुआ प्रदूषित। जो समय के साथ स्वयं को बदल नहीं पाया तथा कदम से कदम मिलाकर नहीं चल पाया वह समय के कूड़ेदान में चला गया।

इसलिए कहा गया है–चलना जीवन की कहानी, रुकना मौत की निशानी। परिवर्तन के प्रति आपकी वचनबद्धता ही समय के साथ चल पाने की आपकी प्रतिबद्धता को सिद्ध करती है। व्यक्तिगत जीवन में हर चीज प्रतिपल बदल रही है। हर अतीत इतिहास के गर्भ में समाकर वर्तमान को जन्म दे रहा है और यदि आप स्वयं अतीत या आउटडेटेड नहीं बनना चाहते तो फिर आपको अपनी मानसिकता की ग्रहण करने की क्षमता को निरन्तर विकसित करते हुए आगे बढ़ना होगा।

वर्तमान युग में तो यह नितान्त आवश्यक ही नहीं अनिवार्य है। जहाँ प्रकृति में परिवर्तन एक सुचारु तथा नियमित क्रम के अनुसार हो रहा है वहीं वर्तमान में विज्ञान तथा तकनीकी जिस तेजी से बदल रही है या आगे बढ़ रही है उसमें कदम से कदम मिलाकर न चल पाने की स्थिति में हम बहुत जल्दी अपनी उपयोगिता खोकर समय के कचराघर में चले जाएँगे। याद रहे, व्यक्ति के जीवन में नौजवानी या उमंग उसकी उपयोगिता के समानुपाती है।

नौजवानी / उपयोगिता

Youthfullness / Usefullness

इतिहास में ऐसे अनेकों क्रियाशील (Proactive) लोगों के उदाहरण हैं जो समय की छाती पर पैर रखते हुए पूरी दृढ़ता के साथ आगे बढ़े। ऐसे ही लोगों में एक शंकराचार्य के कार्य-कलापों पर नजर डालें जो केरल जैसे सुदूर दक्षिण प्रान्त के पारम्परिक रूढ़िवादी परिवार में जन्मे थे। उस दौर में केवल पूजा-पाठ ही किसी नम्बूदिरी का मूल धर्म हुआ करता था, लेकिन जिजीविषा तथा जिज्ञासु प्रवृत्ति ने उन्हें न केवल घर से बाहर निकलकर ज्ञानार्जन हेतु प्रेरित किया बल्कि इस प्रयोजन को सिद्ध करने हेतु तमाम विपदाओं का जोखिम उठाने के लिए मनोबल भी प्रदान किया।

यही कारण था कि 32 वर्ष की अल्पायु प्राप्त शंकराचार्य ने पूरे भारत में कठिनतम मार्गों का भ्रमण करते हुए द्वादश ज्योतिर्लिंग स्थापित किए। यह बात धर्म से अधिक तो लोगों को इसी बहाने देशाटन के लिए प्रेरित करते हुए देश को एक सूत्र में बाँध सकने की कामना का प्रतीक थी। कल्पना कीजिए कैसे रहे होंगे उस समय के लोग! इतनी कम आयु में पूरे भारत का भ्रमण वह भी हिमालय के केदारनाथ जैसे दुर्गम हिमालय क्षेत्र में। और मजे की बात तो यह कि इस बीच माता की मृत्यु उपरान्त अन्तिम संस्कार हेतु उन्हें केरल भी जाना पड़ा। तब न तो आवागमन के इतने साधन थे और न ही इतनी संचार सुविधाएँ।

उन दिनों विद्वत्ता सिद्ध करने हेतु शास्त्रार्थ की परम्परा थी। इन्हीं विलक्षण व्यक्तित्व के धनी शंकराचार्य ने काशी की पूरी विद्वत् परिषद को भी परास्त किया। तब कश्मीर में मंडन मिश्र की भार्या का नाम बड़े आदर के साथ लिया जाता था। कश्मीर नरेश ने उनकी ख्याति सुन उन्हें शास्त्रार्थ के लिए आमंत्रित किया। नियत समय पर मंडन मिश्र की पत्नी ने आसन ग्रहण किया तथा शास्त्रार्थ

आरम्भ हुआ। एक, दो, तीन से आरम्भ हो सब विधाओं में अनेकों दिन बहस चली और तब काम शास्त्र पर चर्चा आरम्भ हुई। शंकराचार्य ब्रह्मचारी थे अतः चर्चा में कमजोर पड़ने लगे। वे बगैर निराश हुए उठे तथा कुछ समय माँगा। लौटकर इस विधा का भी शैक्षणिक अभिरुचि के साथ अध्ययन किया तथा पूरी तैयारी के साथ पुनः लौटकर विजयी हुए।

इस विषय का सबसे बड़ा अनुभव तो मुझे अपने जीवन के दौरान हुआ। जब हम महाविद्यालयीन छात्र थे तब इंजीनियरी की केवल 3 शाखाओं की शिक्षा उपलब्ध थी। जिन हीट इंजन आधारित लोकोमोटिव्स की डिजाइन उस दौर में की, उनका आज कहीं अता-पता नहीं है। रेलवे इंजन के उन्नति की वह यात्रा डीज़ल से होकर रेलवे ट्रेक्शन प्रणाली तक आ गई, जो उस काल की संरचना से सर्वथा भिन्न है। बचपन में गणितीय कार्य हेतु हम लाग टेबल्स का उपयोग किया करते थे, कॉलेज तक आते-आते हमें उन स्लाइड रूल से कार्य का आनन्द प्राप्त हुआ, जो आज कहीं नही है। कैल्कुलेटर साधारण से साइंटिफिक तक आ गए हैं।

तब तक इलेक्ट्रॉनिकी व कम्प्यूटर इंजीनियरी का कहीं अता पता नहीं था। आनेवाली पीढ़ी कई गुना अधिक प्रतिभाशाली तथा ज्ञान से पूरित थी। सेवाकाल के दौरान हालाँकि सब कुछ जान पाने का दम्भ आज भी नहीं है, पर यदि इनके ज्ञान का अभाव होता तो हमारी पीढ़ी के लिए ऑफिस में न केवल कार्य करना असम्भव हो जाता बल्कि वे उपहास के पात्र भी बन जाते। उन क्षणों में नवीनतम तकनीकी ज्ञान से जीवन्त सम्पर्क ने ही हमारी पीढ़ी के मान-सम्मान की रक्षा की।

यह था ज्ञान के सागर में समय के साथ रहते हुए जीवन में निरन्तर आगे बढ़ते रहने की कला। केवल यही आपके आत्मविश्वास तथा समयोचित ज्ञान में पारंगत रह पाने को बनाए रख सकती है। इसके अभाव में आदमी अप्रासंगिक होकर समय के कूड़ेदान में चला जाता है। समय के साथ कदमताल करते हुए एक लय के साथ

आगे बढ़ते रहकर स्वयं की रचनात्मकता तथा उपयोगिता का मधुर संगीत जीवन में पैदा न कर पाने की स्थिति में तो जीवन नीरस होकर उपयोग रहित हो जाता है तथा आप मात्र हड्डियों का ढेर। अतएव अपनी सार्थकता तथा उपयोगिता बनाए रखने की पहली शर्त है नीर से बहें।

यह थी ज्ञान के सागर में समय के साथ रहते हुए जीवन में निरन्तर आगे बढ़ते रहने की कला। केवल यही आपके आत्मविश्वास तथा समयोचित ज्ञान में पारंगत रह पाने को बनाए रख सकती है। इसके अभाव में आदमी अप्रासंगिक होकर समय के कूड़ेदान में चला जाता है।

प्रशंसा से करें परहेज
(Beware of Praise)

प्रशंसा बेहद मनमोहक एवं लुभावना शब्द है जो गहरे अवसाद व विषाद के क्षणों में भी आदमी की आत्मा में गहरे तक पैठकर प्रसन्नता की तरंगें पैदा कर देता है। यह जितना सुन्दर, सुखद व लुभावना है उतना ही खतरनाक भी। मोह-माया का एक ऐसा जाल जिसमें फँसकर तथा उलझकर आदमी भ्रमित हो जाता है और अपना स्वयं का अहित कर बैठता है।

आदमी में नाम की चाह अनादि काल से है। इस नश्वर शरीर के रहते-रहते वह वर्तमान व भविष्य के इतिहास में अपना नाम दर्ज कराने की प्रवृत्ति का दास होता है। घर में भले ही वह गीता के श्लोक–*कर्मण्येवाधिकारस्ते मा फलेषु कदाचन्* अर्थात् 'केवल कर्म करो, फल की आशा मत करो' का पाठ प्रतिदिन करता हो पर आचरण में ठीक इसके विपरीत होता है। किए की प्रतिष्ठा (Credit) तो सब लोग लेना चाहते हैं पर न किए या दूसरों के किए की प्रतिष्ठा भी लेने से नेतृत्व को कई बार कोई परहेज नहीं होता। हमें अपना हर काम अत्यधिक अच्छा, सुरुचिपूर्ण, सार्थक तथा सुन्दर लगता है जबकि दूसरे का व्यर्थ तथा छोटा। ऊपर से अनासक्त, निर्विकार, प्रशंसा से परे दिखते हुए हमारा अवचेतन मन सदैव दूसरों के मुँह से अपनी प्रशंसा सुनने के लिए लालायित रहता है। और अगर आप नेतृत्व के तहत उच्च पद पर विराजमान हैं तो निश्चित ही आपके साथी व सहयोगी आपकी इस कमजोरी का भरपूर लाभ उठाते हुए अपना हित आपसे साधते रहेंगे।

नेतृत्व के लिए परम आवश्यक गुण तथा अनिवार्य शर्त है कि भले ही प्रशंसा सच्ची हो पर वह इससे पूरी तरह परहेज करें। मेरे एक समझदार

एकाएक राजकवि खड़े हुए और महारानी से उनके सम्मान में लिखी पुस्तक के कुछ अंश पढ़ने की स्वीकृति माँगी, जो उन्हें तुरन्त मिल गई। कविताएँ सुनकर दरबारी झूम उठे।

मित्र ने एक बार किसी से काम निकलवाने का बहुत अच्छा सिद्धान्त सुनाया था जिसे मैंने गाँठ बाँध लिया। जब भी किसी से काम निकलवाना हो तो पहले जायज-नाजायज के पचड़े में पड़े बगैर व्यक्ति की खुलकर तारीफ करो। आरम्भ में वह थोड़ा संकोची होने का अभिनय करेगा लेकिन धीरे-धीरे साथ बहने लगेगा। प्रशंसा से आदमी का बौद्धिक तथा विवेक का स्तर थोड़ा नीचे आ जाता है और तब उससे अपना काम कहिए। वह उचित-अनुचित के फेर में पड़े बगैर तुरन्त कर देगा। यह फॉर्मूला वे कई बार आजमा चुके थे तथा एक-दो अपवादों को छोड़कर समय की कसौटी पर हमेशा खरा उतरा था।

अब आप निजी जीवन में देखिए, ऐसे लोग हर पल आपके पास होंगे तथा आपके अपयश के मोल पर भी आपसे काम निकलवाने की फिराक में रहेंगे। चाहे देश हो, समाज हो या संस्था हो आप देखेंगे कि व्यवस्था परिवर्तन के बावजूद चमचे या दलाल वही रहते हैं। पूरी व्यवस्था उनकी रेहन होती है तथा वे उसके दोहन की कला में माहिर। इसलिए तो आजादी के पाँच दशक बीत जाने तथा तमाम योजनाओं के बावजूद आम आदमी वहीं है। उसे तो रुपए में से केवल 15 पैसे का हिस्सा मिलता है जबकि 85 पैसा बीच वाले हजम कर जाते हैं। यह भी कहा गया है कि चाहे जो कर लीजिए, कितने भी कानून बना लीजिए जब तक गाँव में पटवारी व दफ्तर में बाबू नहीं चाहेगा कोई काम नहीं हो सकेगा।

इन समस्त सन्दर्भों में नेतृत्व के कन्धों पर यह महती जिम्मेदारी आ जाती है कि वह सावधान रहे। प्रशंसा भले ही अच्छी व सच्ची हो पूरी तरह परहेज करे। अपने मार्ग पर समझदार सहयोगियों के साथ कदम मिलाकर चले।

अहल्याबाई : जीवन्त उदाहरण

मालवा की महारानी अहल्याबाई होल्कर अपनी सादगी, सरलता व समाज-सेवा के लिए इतिहास-प्रसिद्ध हैं। एक बार उनका दरबार लगा हुआ था। सभी अहलकार और दरबारी अपने-अपने स्थानों पर विराजमान थे।

पिछले पाँच वर्षों में महारानी ने न केवल अपने पति की मृत्यु का आघात सहकर साहस का परिचय दिया था अपितु राज्य का शासन भी कुशलतापूर्वक चलाकर जन-जन से प्रशंसा अर्जित की थी। एकाएक राजकवि खड़े हुए और महारानी से उनके सम्मान में लिखी पुस्तक के कुछ अंश पढ़ने की स्वीकृति माँगी, जो उन्हें तुरन्त मिल गई। कविताएँ सुनकर दरबारी झूम उठे।

तब महारानी प्रसन्न मुद्रा में बोलीं—महामंत्री! राजकवि को प्रभावपूर्ण भाषा में कविताएँ लिखने के लिए पुरस्कृत किया जाए परन्तु यह पुस्तक समीप की नदी में प्रवाहित कर दी जाए।

महारानी का निर्णय सुनकर सभी दरबारी चकित रह गए। पुस्तक को नदी में बहा देने की बात किसी की समझ में न आई।

महामंत्री साहस करके बोले—इतनी अच्छी पुस्तक को प्रवाहित क्यों किया जा रहा है? लोग इसे पढ़कर आपके गुणों से प्रभावित होंगे। सभी राजकवि का साधुवाद भी करेंगे।

महारानी ने उत्तर दिया—प्रिय सभाजनों, मैं भी राजकवि की विद्वत्ता की प्रशंसा करती हूँ परन्तु मैं नहीं चाहती कि मेरी प्रशंसा लिखित रूप में प्रजा को मिले। मैं साधारण नारी हूँ और मैंने यदि कुछ अच्छा काम किया है, तो वो मेरा कर्तव्य था और समय की आवश्यकता।

सभी सभाजन महारानी की सरलता और श्रेष्ठता का गुणगान करने लगे।

उपरोक्त दृष्टान्त आज के सन्दर्भ में अधिक प्रासंगिक है। पौराणिक ग्रन्थों से लेकर आधुनिक दर्शन तक सबमें केवल कार्य के सार व सार्थकता पर ध्यान केन्द्रित किया गया है जिसके लिए एक सुदृढ़ समूह का गठन करते हुए सफलता की सीढ़ी चढ़ी जाती है। दरअसल बड़े मिशन में रत नेतृत्व के पास इतना समय ही नहीं होता कि वह इन निरर्थक बातों के लिए अपने कीमती पल व्यर्थ करे।

नेतृत्व को इन क्षणों में केवल एक ही पुरानी कहावत याद रखनी चाहिए कि अकेला चना भाड़ नहीं फोड़ सकता। उसे तो कार्य सम्पादन हेतु एक पूरे समरस वचनबद्धतापूर्ण समूह की आवश्यकता होती है। और

जब सब मिल-जुलकर समूह भावना से कार्य को अंजाम देते हैं तो फिर केवल एक अकेला व्यक्ति कैसे प्रशंसा का हकदार हो सकता है। नेतृत्व तो मात्र उत्प्रेरक (Catalyst) का कार्य करता है। उसे तो माला के धागे का रोल अदा करना चाहिए जो सारे मोतियों को एकसूत्र में बाँधकर रख सके। एक ऐसा कुशल नेतृत्व जिसकी छाया में जिसमें केवल मोती रूपी सहयोगी अपनी पूरी आभा व प्रतिभा के साथ सामने दृष्टिगोचर हों तथा माला को एकसूत्र में पिरोकर रखनेवाला धागा स्वयं पार्श्व या नेपथ्य में। जब आप समूह के हर आदमी को उसके काम का यश (Credit) देते हुए खुले मन से उनकी प्रशंसा करेंगे तो उनके मन में आपके लिए श्रद्धा का भाव उपजेगा तथा वे और अधिक समर्पित भाव से, पूरे मन से आपसे कार्य की सफलता तथा सिद्धि हेतु जुड़ जाएँगे।

जब आप समूह के हर आदमी को उसके काम का यश (Credit) देते हुए खुले मन से उसकी प्रशंसा करेंगे तो उनके मन में आपके लिए श्रद्धा का भाव उपजेगा तथा वे और अधिक समर्पित भाव से, पूरे मन से आपसे कार्य की सफलता तथा सिद्धि हेतु जुड़ जाएँगे।

तीन दिन बीते तब बाबा ने मथुरा नरेश को बुलाकर कहा—इधर आ। तेरा विश्वास इन कच्चे खिलौनों में है तो तू इनसे खेल। मेरा विश्वास पक्के (परमात्मा) में है, मैं उसी से खेलूँगा। आ जा, तुझे फिर से राजगद्दी पर बिठा देता हूँ। हम तो ये चले।

वैमनस्य को करें विदा
(Quit Being Revengeful)

ईश्वर ने मानव को जब धरती पर भेजा तो बल, बुद्धि, विद्या व विवेक की धरोहर के साथ भेजा ताकि वह हर कार्य पूरी बुद्धिमत्ता तथा सन्तुलन के साथ करते हुए सफलता के मार्ग पर अग्रसर होता रहे। पर इसके साथ ही उसे कुछ बुराइयाँ भी, जैसे–ईर्ष्या, द्वेष, लोभ, लालच इत्यादि सौंप दी शायद यह देखने के लिए कि मनुष्य अपने विवेक का सही उपयोग करता है या नहीं।

जीवन मूलतः एक रंगमंच है जिस पर आदमी अपनी प्रतिभा को अपनी योग्यता के अनुसार प्रकट करता है। अब यह केवल उस पर निर्भर करता है कि वह अच्छा तथा सच्चा मार्ग चुनता है या फिर गलत आदतों में लिप्त होकर ध्येय से भटक जाता है।

ईर्ष्या तथा वैमनस्य आदमी के शत्रु हैं ये उसे पतन के मार्ग की ओर ले जाते हैं। यह प्रवृत्ति मूलतः तब उभरती है जब आप खुद जीवन में आगे नहीं बढ़ पाते और दूसरों को आगे बढ़ते देख द्वेष के वशीभूत हो ईर्ष्या की अग्नि में जलने लगते हैं। इससे सामने वाले के स्वास्थ्य पर तो कोई प्रभाव नहीं पड़ता लेकिन आप अपना नुकसान अवश्य कर लेते हैं।

एक बात और सोचें, जब आप किसी प्रिय व्यक्ति से मिलते हैं तो हृदय न केवल गद्‌गद हो जाता है बल्कि आपके हृदय में आनन्द की लहरें उठने लगती हैं। इसी आनन्द का प्रभाव आपके तन पर भी पड़ता है, वह स्वस्थ हो जाता है। लेकिन जैसे ही कोई ऐसा व्यक्ति आपके सामने आ जाता है जिसको देखकर ही आपको वैमनस्य के वशीभूत

होकर क्रोध आने लगता है, उस स्थिति में मन के साथ ही आपका तन भी असन्तुलित होने लगता है जिसका दुष्प्रभाव शरीर को भुगतना पड़ता है। इन क्षणों में न तो आपका रक्तचाप ठीक रहेगा और न ही हृदय की धड़कन। अब सोचिए जलन की इस आग ने किसको जलाया आपको या सामने वाले को।

वृन्दावन में एक अलमस्त महात्मा हो गए। उनका अन्तःकरण भगवत-प्रेम से भरा था। जैसे श्रीकृष्ण ग्वाल-बालों के साथ खेलते थे, वैसे ही वे महात्मा भी जिस किसी के साथ खेलने लग जाते थे।

एक दिन मथुरा नरेश ने उनके आगे माथा टेका तो वे बोले—क्यों रे, तू अकेला राज करेगा? तेरा राज्य मुझे दे दे।

हाँ-हाँ बाबाजी! अवश्य दूँगा। नरेश ने कहा।

तो हम तीन दिन के लिए उधर चलेंगे, वहाँ खेलेंगे। महात्मा बोले।

राजा महात्मा को ले आए और ब्राह्मणों से विधिवत् पूजन कराके उनका राज्याभिषेक कर दिया, तीन दिन के लिए उन्हें राजगद्दी पर बिठा दिया। राजा बनते ही महात्मा ने उथल-पुथल शुरू कर दी। रानियों को दासियाँ बना दिया और दासियों को उनकी जगह बिठा दिया। मंत्रियों को दरबारियों की जगह और दरबारियों को मंत्रियों की जगह पर रख दिया। राजकुमार को कोड़े लगवा दिए। दो दिन में ही राज्य में हाहाकार मच गया।

भूतपूर्व नरेश को लोग कहने लगे—महाराज! ऐसा-ऐसा हो रहा है कि झेलना मुश्किल है।

नरेश ने कहा—वे तो बड़े सिद्धपुरुष हैं, जो भी करते हैं ठीक ही करते हैं। उनके कार्य में कुछ न कुछ रहस्य होगा। हम उन्हें राज्य दे चुके हैं।

तीन दिन बीते तब बाबा ने मथुरा नरेश को बुलाकर कहा—इधर आ। तेरा विश्वास इन कच्चे खिलौनों में है तो तू इनसे खेल। मेरा विश्वास पक्के (परमात्मा) में है, मैं उसी से खेलूँगा। आ जा, तुझे फिर से राजगद्दी पर बिठा देता हूँ। हम तो ये चले।

महात्मा ने राजा का राजतिलक कर दिया। राजा बड़े श्रद्धालु थे। उन्होंने पूछा—महात्मन्! आपने राज तो किया लेकिन इतनी उथल-पुथल क्यों कर दी? मुझे इसका कारण जानने की इच्छा है।

महात्मा—तू तो भक्त है, विश्वासी है। जिन कच्चे खिलौनों पर विश्वास करके तू उनसे खेलता है, अन्दर ही अन्दर उनमें बड़ी गड़बड़ मच गई थी। रानियाँ दासियों को दंड देती थीं, उनकी बेइज्जती करती थीं, उनको कोसती रहती थीं। दासियाँ समझती थीं कि रानियों की मौज है, हम भी रानियाँ होतीं तो...। तुम्हारा युवराज जिस किसी की पिटाई करवाता था, कोड़े लगवाता था। उसको इसमें मजा आता था। मंत्री दरबारियों को डाँटते रहते थे और दरबारी मंत्रियों को कोसते थे। सबके मन में एक दूसरे के प्रति वैमनस्य था और इसके कारण कोई एक दूसरे को समझ नहीं पाता था। मैंने दासियों को रानियों की जगह पर बिठा दिया ताकि उन्हें पता चले कि वहाँ दिमाग से कैसे काम लेना पड़ता है और रानियों को दासियों की जगह पर रख दिया ताकि उन्हें भी पता चले कि दासियों को कैसी कठिनाइयाँ आती हैं? युवराज को कोड़े लगवा दिए ताकि उसे पता चले कि कोड़े लगने में कैसी पीड़ा होती है। ऐसे ही मंत्री दरबारियों पर हुक्म चलाकर उन पर जुल्म करते थे। उन्हें पता नहीं चलता था कि दरबारियों की तकलीफें कैसी होती हैं। एक दूसरे की जगह पर आने से एक दूसरे की योग्यता और कठिनाइयों का पता चला तो सबके मन से वैमनस्य निकल गया।

याद रखिए, ईश्वर ने हमें सारे कौशल तथा बुराइयों के बीच विवेक केवल इसलिए दिया है कि हम उचित-अनुचित का विश्लेषण करते हुए सच्चाई तथा अच्छाई के मार्ग पर चल सकें। दूसरों से दुश्मनी हमारे जीवन की यात्रा बाधित करती है। यह तो उस देश की माटी है जिसमें बुरे के साथ भी अच्छाई की सीख दी गई है। यहाँ के महात्माओं ने अपनी अच्छाई से डाकुओं तक को सन्त बना दिया। जब बुरा अपना मार्ग छोड़ सकता है, तो फिर भला क्यों अपने मार्ग से विमुख हो! भले ही दूसरा आपके प्रति वैमनस्य का भाव रखता हो, आप फिर भी राग-द्वेष रहित भलाई के मार्ग का ही अनुसरण करें। भले ही वह न सुधरे पर आपके

तन-मन दोनों में अच्छाई बनी रहेगी। ऐसा करके आप अपना भला ही करते हैं।

शत्रुता के भाव को मन में जगह देकर आप अच्छाई की पूँजी को कम करते हैं तथा मन को कलुषित। बेहतर हो आप मन को अच्छाई की झाड़ू से बुहारते हुए वैमनस्य सहित बुरी बातों को बाहर निकाल दें तथा उसमें केवल अच्छी बातों की पूँजी जमा करें। यही सारे जीवन आपका साथ भी देगी तथा सफलता के नित नए सोपान आपके कदमों तले होंगे।

शत्रुता के भाव को मन में जगह देकर आप अच्छाई की पूँजी को कम करते हैं तथा मन को कलुषित। बेहतर हो, आप मन को अच्छाई की झाड़ू से बुहारते हुए वैमनस्य सहित बुरी बातों को बाहर निकाल दें तथा उसमें केवल अच्छी बातों की पूँजी जमा करें।

बिना मति, नहीं गति
(Without Mental Base, No Pace)

जैसा कि शीर्षक से ही स्पष्ट है दुनिया में मति तथा गति दोनों शब्द एक दूसरे के पूरक हैं। मति यानी बुद्धि की आवश्यकता तो जीवन के हर क्षेत्र में हर कदम पर पड़ती है। उसके बिना तो कुछ भी सम्भव नहीं। बल से बुद्धि ज्यादा ताकतवर है। आदमी कितना भी शक्तिशाली क्यों न हो बुद्धि के उचित इस्तेमाल के बगैर शून्य है। यह बुद्धि ही है जो उसके जीवन का मार्ग, लक्ष्य तथा सफलता तय करती है। ऐसा न होता तो आज शारीरिक रूप से शक्तिशाली लोग ही दुनिया पर राज कर रहे होते न कि बुद्धिमान। इसी सन्दर्भ में एक उक्ति भी है–जहाँ काम आए सुई, का करे तलवार।

एक बात और है मति यानी बुद्धि के सदुपयोग का। जैसे-जैसे जीवन में आदमी आगे बढ़ता जाता है, उसकी बुद्धि पर पद, सुविधा, पैसे आदि का मुलम्मा चढ़ने लगता है, जो उसे सही सोचने या जीवन को सहज-सरल रूप से जीने के मार्ग में बाधा उत्पन्न करने लगता है। वह–जग बौराइ राज पद पाई के मोह से ग्रस्त होता जाता है। शतरंज के खेल में भी मोहरे की चाल इसका सटीक उदाहरण है–प्यादे से फरजी भयो, टेढ़ो-टेढ़ो जाय।

आपने इतिहास में जितने भी महान व्यक्तियों को देखा होगा, वे सब तमाम प्रसिद्धि, नाम, यश के बावजूद ताउम्र सहज ही बने रहकर अपने ध्येय की पूर्ति में लगे रहे। उन्होंने अपनी मति को मोह-माया या अहंकार के जाल से कभी भ्रमित नहीं होने दिया। यही कारण था कि वे अपनी गति यानी लक्ष्य को पा सके।

सम्पादक तुरन्त वहाँ पहुँचे और पूछा—अरे! आप प्रधानमंत्री होकर भी द्वितीय श्रेणी में सफर कर रहे हैं। वह युवक यदि नहीं बताता तो मैं यह सोचकर लौट जाता कि शायद आज आपकी यात्रा टल गई होगी।

इंग्लैंड के तत्कालीन प्रधानमंत्री ग्लैडस्टोन बहुत ही सादगी-पसन्द व्यक्ति थे। एक बार एक अखबार के सम्पादक ने उनसे इंटरव्यू का समय माँगा। उन्होंने उसे स्टेशन पर मिलने का समय दे दिया, क्योंकि वे उस दिन ट्रेन से कहीं जानेवाले थे।

सम्पादक स्टेशन पहुँचकर ग्लैडस्टोन को प्रथम श्रेणी के डिब्बे में ढूँढ़ने लगा। वे उसे कहीं दिखाई नहीं दिए। तभी उस डिब्बे में बैठे एक युवक ने उससे पूछा कि आपको कहीं प्रधानमंत्री की तलाश तो नहीं, वे द्वितीय श्रेणी के डिब्बे में मिलेंगे।

सम्पादक तुरन्त वहाँ पहुँचे और पूछा—अरे! आप प्रधानमंत्री होकर भी द्वितीय श्रेणी में सफर कर रहे हैं। वह युवक यदि नहीं बताता तो मैं यह सोचकर लौट जाता कि शायद आज आपकी यात्रा टल गई होगी।

इस पर ग्लैडस्टोन बोले—अच्छा, आपको शायद मेरे बेटे ने बताया होगा।

सम्पादक के चेहरे पर आश्चर्य के भाव आए। इसके पहले कि वह कुछ कहता, वे बोले—अरे दोस्त, हैरान न हो। मैं एक किसान का बेटा हूँ और वह एक प्रधानमंत्री का। मुझे द्वितीय श्रेणी की यात्रा सुविधाजनक लगती है और उसे प्रथम श्रेणी की।

इसी को कहते हैं—सादा जीवन, उच्च विचार। यह ग्लैडस्टोन की सादगीपूर्ण बात का ही परिणाम था कि सफलता के शिखर पर पहुँच जाने के बाद भी उनके पाँव जमीन पर टिके थे। वरना आम आदमी को तो छोटी सी सफलता मिलने पर ही उसके पाँव जमीन पर टिकना बन्द हो जाते हैं। वह हवा में उड़ने लगता है। फिर उसे वे सब बातें ओछी लगने लगती हैं जो उसके संघर्ष के दिनों में उसके लिए महत्त्वपूर्ण थीं।

उपरोक्त दृष्टान्त अपने आपमें स्पष्ट तथा सब कुछ बयान कर देता है। बाहरी दिखावे जीवन में अस्थायी हैं। अतः आदमी को ऐसी चीज, जो उसका साथ सदैव के लिए नहीं दे, चुनने के बजाय ऐसी वस्तु चुननी चाहिए जो स्थायी हो तथा वह जिसका लाभ भी प्राप्त कर सके।

याद रखिए सरल व्यवहार लोगों में आपकी न केवल लोकप्रियता बढ़ाता है, बल्कि उन्हें आपसे जोड़ने में सहायता भी करता है। प्रबन्धन के क्षेत्र में तो यह बेहद आवश्यक है। व्यर्थ का आडम्बर, दिखावा, अपनी अधिक बुद्धि का दम्भ केवल आपके पतन का मार्ग प्रशस्त करता है। इसलिए यदि सही व सफल गति या सद्गति चाहिए तो आपके सामने एकमात्र उपलब्ध विकल्प है मति यानी सद्मति। यही है जीवन का सार–सद्मति से सद्गति यानी बिना मति नहीं गति।

व्यर्थ का आडम्बर, दिखावा, अपनी अधिक बुद्धि का दम्भ केवल आपके पतन का मार्ग प्रशस्त करता है। इसलिए यदि सही व सफल गति या सद्गति चाहिए तो आपके सामने एकमात्र उपलब्ध विकल्प है मति यानी सद्मति।

समस्या नहीं, हल का हिस्सा बनें
(Be Part of Solution and Not Problem)

जीवन के किसी भी क्षेत्र में जब आप आगे की ओर बढ़ने लगते हैं और सहयोगियों से कार्य में लगन की अपेक्षा रखते हैं, तब एक और विसंगति उभरती है। ठीक-ठीक चलनेवाले कार्य के लिए तो लोग अपनी पीठ खुद थपथपा लेते हैं पर समस्या से रू-ब-रू होते ही उसे ऊपर की ओर खिसकाने लगते हैं। ऐसी स्थिति में बेचारा वरिष्ठ व्यक्तित्व हर समय केवल उपहार में प्राप्त समस्याओं के अम्बार से घिरा रहता है तथा महती कार्य की योजना को आकार देने के बजाय दैनिक समस्याओं को सुलझाने में ही उसका समय बीत जाता है।

दरअसल किसी भी कार्य की सफलता के लिए यह आवश्यक है कि समूह का हर व्यक्ति समस्या नहीं हल का हिस्सा बने। जब आप किसी भी योजना को अंजाम दे रहे होते हैं तो आप और केवल आप ही उसकी प्रक्रिया के विशेषज्ञ भी होते हैं, ऐसी स्थिति में अवरोधों का विश्लेषण कर हल ढूँढ़ने का सामर्थ्य भी मूलतः आप ही के पास होता है। हाँ, कई बार अनेक विकल्पों में से एक चुनने की समस्या आपके सामने आ सकती है तथा उस स्थिति में आप अपने वरिष्ठ सहयोगी का मार्ग निर्देशन चाह सकते हैं। यही कहलाता है सकारात्मक सोच जबकि नकारात्मक सोच वाला व्यक्ति काम में मन लगाने के बजाय उसे ही समस्याग्रस्त कर देगा तथा न खुद काम करेगा न दूसरों को करने देगा।

अंग्रेजी में एक कहावत है–Keep your monkey on your shoulder अर्थात अपनी समस्या स्वयं के कन्धे पर रखो, दूसरे का कन्धा मत तलाशो। मेरे एक पूर्व कार्यपालक निदेशक श्री समरेन्द्र नाथ राय ने जो

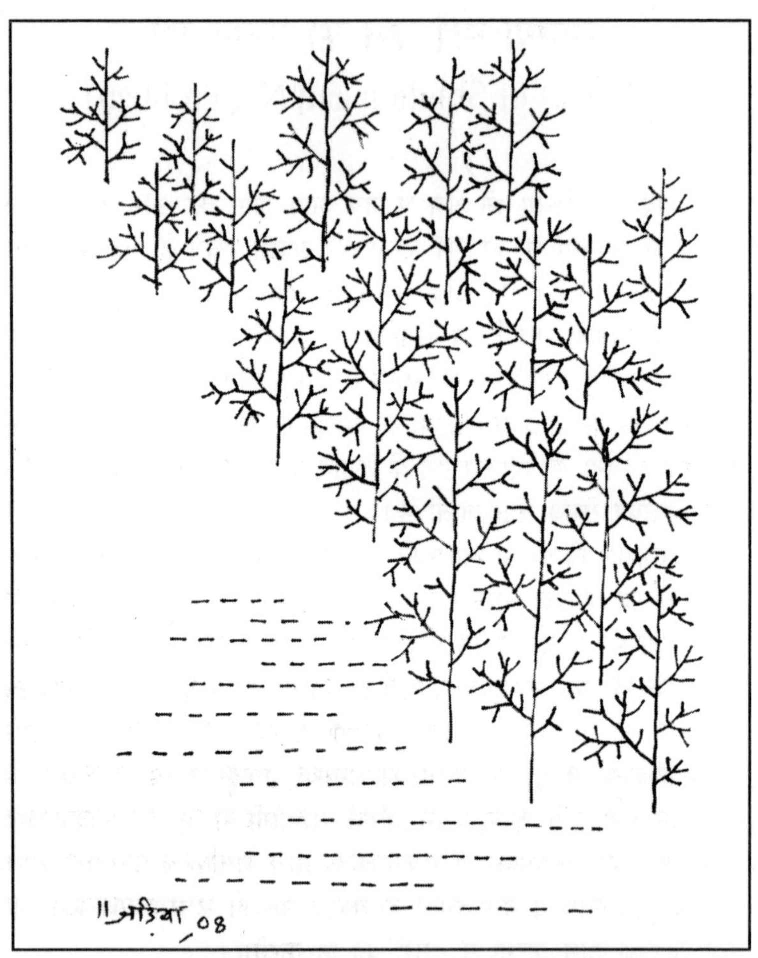

किसी भी कार्य की सफलता के लिए यह आवश्यक है कि समूह का हर व्यक्ति समस्या नहीं, हल का हिस्सा बने। जब आप किसी भी योजना को अंजाम दे रहे होते हैं तो आप और केवल आप ही उसकी प्रक्रिया के विशेषज्ञ भी होते हैं, ऐसी स्थिति में अवरोधों का विश्लेषण कर हल ढूँढ़ने का सामर्थ्य भी मूलतः आप ही के पास होता है।

कि अत्यन्त विद्वान एवं लेखक हैं, अपने कक्ष में यह सूत्र वाक्य चस्पा कर रखा था–Are you a part of solution on problem। आगन्तुक को बगैर पूछे ही सब कुछ समझ में आ जाता था। उनकी इसी कार्य प्रणाली ने बी.एच.ई.एल. की भोपाल इकाई को घाटे से उबारकर लाभप्रद स्थिति में पहुँचाया था।

अपने सेवाकाल के दौरान जब मुझे कारखाना सिविल विभाग में कार्य करने का अवसर मिला तो सकारात्मक प्रत्यक्ष उदाहरण मिले। भोपाल इकाई बहुत विस्तृत क्षेत्र में फैली हुई है जिसमें पेड़-पत्ते इत्यादि काफी मात्रा में विद्यमान हैं। तेज गर्मी के दिनों में कई बार इन सूखे पत्तों तथा पुराने वृक्षों में आग लग जाने पर दावानल का रूप ले लेती थी। जिसे बुझाने में लम्बा समय तथा ऊर्जा लगा करती थी। यह समस्या कई वर्षों से निर्बाध जारी थी।

तभी एक दिन देखा कि कारखाने के एक कोने से अनुपयोगी पानी बहता हुआ बाहर एक नाले में मिलकर व्यर्थ जा रहा है। वहीं से निकासी मार्ग पर एक छोटा-सा स्टाम्प डैम का विचार उपजा तथा कार्यान्वित हुआ। इसके कालान्तर में कई लाभ हुए, जैसे–भूजल स्तर में वृद्धि, चारों ओर फैली हरीतिमा तथा पक्षियों की मधुर चहचहाहट इत्यादि। लेकिन इसका सबसे बड़ा सम्मान (compliment) तो मैग्सेसे पुरस्कार विजेता श्री राजेन्द्र सिंह ने यह कहकर दिया कि जल-भंडारण से आग के जोखिम पर काबू पाना एक नया विचार है, क्योंकि तब धरती नम होकर आग को फैलने नहीं देती और नम जगह पर आग पैर जमा नहीं पाती।

इसी प्रकार पानी की बचत के सन्दर्भ में कारखाने के मुख्य मार्गों के समानान्तर 45 डिग्री कोण पर लान का निर्माण भी किया गया जिससे न केवल वातावरण के सौन्दर्य में अभिवृद्धि हुई, बल्कि पानी की खपत भी काफी कम हुई। उन जगहों पर विभिन्न पशु-पक्षियों के कट आउट से दृश्य न केवल सुहावना तथा मनमोहक बल्कि पर्यावरण प्रिय भी हो गया।

सारांश यह कि जब आप समस्या के बजाय समाधान या हल का हिस्सा बनने का प्रयास करते हैं तो उसके लिए आपको अपनी बुद्धि के

उपयोग का जतन करना पड़ता है, जिससे वह न केवल कुशाग्र होती है बल्कि उसकी धार भी तेज होती है। आपका न केवल स्वयं में आत्मविश्वास बढ़ता है बल्कि साथियों के मध्य मान-सम्मान में भी अभिवृद्धि होती है। ऐसा करके न केवल आप स्वयं की समस्या स्वयं ही हल कर रहे होते हैं वरन् अन्य सहयोगियों के सामने उदाहरण प्रस्तुत करने के साथ ही साथ उनकी समस्याओं को अपने कन्धे पर ढोने के भार से भी बच जाते हैं।

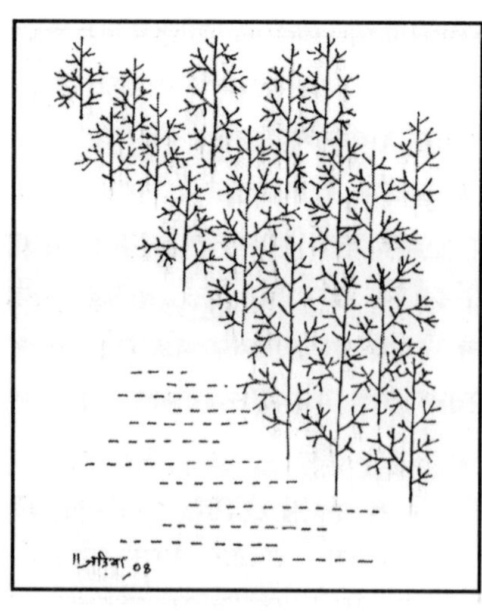

जब आप समस्या के बजाय समाधान या हल का हिस्सा बनने का प्रयास करते हैं तो उसके लिए आपको अपनी बुद्धि के उपयोग का जतन करना पड़ता है, जिससे वह न केवल कुशाग्र होती है बल्कि उसकी धार भी तेज होती है। आपका न केवल स्वयं में आत्मविश्वास बढ़ता है बल्कि साथियों के मध्य मान-सम्मान में भी अभिवृद्धि होती है।

मृत्यु को रखें मन में
(Always Keep Death in Mind)

महात्मा गांधी ने कहा था–जियो तो ऐसे जैसे कल मर जाना हो और सीखो तो ऐसे जैसे अनन्तकाल तक जीना हो (Live as if you have to Die Tomorrow and Learn as if you have to Live for Ever)

प्रबन्धन के सन्दर्भ में यह शीर्षक कुछ अटपटा लग सकता है, पर इसमें बहुत सार छुपा है। जीवन एक स्टेज है जिस पर ऊपरवाले ने हमें भेजा है तमाम बुद्धि, विवेक, संस्कार की दौलत के साथ यह देखने के लिए कि हम अपना पार्ट कैसे अदा करते हैं। समय सीमा समाप्त हो जाने के बाद पर्दा गिर जाता है एवं तब ईश्वर फैसला करता है जिसे इतनी शिद्दत से सँवारकर ढेर सारी खूबियों के साथ भेजा था वह धरती पर क्या करके आया। और तब हमारा फैसला होता है। एक बात और विवेक की थाती सौंपने के साथ ही ईश्वर ने हमें परखने के लिए मोह-माया का जाल भी साथ ही सौंपा है। यह देखने के लिए हम अन्दर से कितने ईमानदार तथा मजबूत हैं।

इनसान के जीवन में जन्म के बाद का एकमात्र शाश्वत सत्य यदि कोई है तो वह है मृत्यु। जीवन एक अनिश्चितता है। एक बार ईश्वर ने देह त्याग पश्चात स्वर्ग पहुँचे ऋषि से धरती पर गुजरे जीवन के अनुभव के बारे में पूछा तो ऋषि ने बेहद सटीक उत्तर दिया कि धरा पर उनके पल कुछ ऐसे बीत गए जैसे वे एक कमरे में प्रथम द्वार से प्रवेश कर दूसरे से निकल गए हों। इसके बाद भी हम जीवन के अस्थायित्व से मोहग्रस्त होकर जुड़े रहते हैं।

एक महिला अपने मृत बालक को पुनर्जीवित करने की कामना लेकर गौतम बुद्ध के समक्ष उपस्थित हुई तो तथागत ने उसकी मनोकामना पूर्ति हेतु वचन भी दिया, लेकिन इस शर्त के साथ कि वह उन्हें केवल एक मुट्ठी चावल उस घर से लाकर दे जिस घर में कभी कोई मृत्यु को प्राप्त न हुआ हो।

हम सब जानते हैं कि शरीर एक न एक दिन समाप्त हो जाना है। सभी कुछ यहीं छूट जाना है, केवल अच्छे कामों की दौलत हमारे साथ जाएगी, फिर भी आदमी ताउम्र लोभ, मोह, लालच में मशगूल होकर धन-दौलत जोड़ने में लगा रहता है।

यक्ष से प्रश्नोत्तर प्रसंग के दौरान युधिष्ठिर ने इसकी सर्वश्रेष्ठ व्याख्या की। जब उनसे पूछा गया कि धरती पर सबसे बड़ा आश्चर्य क्या है तो धर्मराज ने कहा—इस मूढ़मति मानव के अतिरिक्त भला क्या हो सकता है, जो हर दिन किसी न किसी को मृत्यु के मुख में जाता देखकर भी सोचता है कि मृत्यु टाली जा सकती है। और जैसे-जैसे समय कम होता जाता है उसकी लालसा तीव्रतर होती जाती है। सब कुछ छोड़कर जाना है यह सत्य एवं तथ्य जानते हुए भी वह येन केन प्रकारेण संग्रह में लिप्त रहता है। अतः इतने बड़े सत्य से नेत्र होते हुए भी अन्धे बने रहनेवाले मानव से बड़ा आश्चर्य भला क्या हो सकता है।

हिन्दू दर्शन में संन्यास का एक प्रकार श्मशान वैराग्य है। आदमी जब भी अपने किसी अन्तरंग की अन्तिम यात्रा हेतु वहाँ पहुँचता है तो उसके मन में एक वीतराग और वैराग्य का भाव पूरी शिद्दत के साथ उभरता है। जीवन की क्षण भंगुरता से भिज्ञ हो वह उस पल से पाप कर्म त्यागकर सन्मार्ग पर चलने की प्रासंगिकता को पूरे मनोयोग से स्वीकारता है, किन्तु उसकी स्मृति इतनी अल्पकालीन है कि वहाँ से बाहर निकलते ही वह फिर उसी जोड़-तोड़ और हेरा-फेरी में लिप्त हो जाता है।

अनेक महापुरुषों ने सत्य के मार्ग के अनुसरण हेतु हमें ज्ञान प्रदान किया, किन्तु व्यर्थ। सिकन्दर महान ने मृत्यु पूर्व अपने अनुयायियों को बुलाया और उन्हें मृत्योपरान्त तीन आज्ञा पालन हेतु आदेश दिया।

पहली यह कि उनका निजी उपचारकर्ता शव के साथ-साथ चले,

दूसरी यह कि युद्ध द्वारा अर्जित सारे माणिक, मोती, रत्न, हीरे, जवाहरात इत्यादि मार्ग में बिखेर दिए जाएँ और

आखिरी यह कि अन्तिम यात्रा के दौरान सिकन्दर के दोनों हाथ ताबूत से बाहर निकालकर रखे जाएँ।

आश्चर्यचकित अनुयायियों ने इन सबका कारण पूछा तो सिकन्दर ने उन्हें गूढ़ बात समझाई। सर्वप्रथम यह कि मृत्यु सुनिश्चित एवं अवश्यम्भावी है। उसके आने पर अच्छे से अच्छा डॉक्टर या वैद्य भी लाचार हो जाता है। दूसरी बात यह कि जो माणिक, मोती, रत्न, हीरे, जवाहरात आदि मैंने लोगों को लूटकर, युद्ध में मार-काटकर पूरी निर्ममता के साथ एकत्रित किए उनका मोल भी इस मृत्यु बेला में कंकड़-पत्थर से अधिक नहीं है। और अन्तिम यह कि मेरे दोनों हाथ ताबूत से बाहर निकालकर रखना ताकि लोग जान सकें कि अन्तिम पल में मनुष्य को खाली हाथ ही प्रयाण करना होता है। वह खाली हाथ ही इस धरती पर आता है तथा खाली हाथ ही जाता है।

याद रखें, मृत्यु जीवन की अन्तिम परिणति नहीं है, यह तो जन्म जन्मान्तर की अगली यात्रा का प्रवेश द्वार है।

राजकुमार सिद्धार्थ ने रोग, वृद्धावस्था व मृत्यु रूप में जब दुख एवं जीवन की निस्सारता को देखा तो वे अन्दर तक हिल गए। जीवन की प्रासंगिकता के प्रति जागरूक होकर शेष जीवन संन्यास के माध्यम से दीन-दुखियों की सेवा हेतु समर्पित कर दिया। जीवन एक चुनौती है तो मृत्यु कर्म की पराकाष्ठा अर्थात जो भी अच्छा या बुरा हमने ताउम्र किया उसका आकलन।

कालान्तर में गौतम बुद्ध रूपी सिद्धार्थ ने मोह को दुख व पीड़ा का एकमात्र कारण बतलाया। जब एक महिला अपने मृत बालक को पुनर्जीवित करने की कामना लेकर उनके समक्ष उपस्थित हुई तो तथागत ने उसकी मनोकामना पूर्ति हेतु वचन भी दिया, लेकिन इस शर्त के साथ कि वह उन्हें केवल एक मुट्ठी चावल उस घर से लाकर दे जिस घर में कभी कोई मृत्यु को प्राप्त न हुआ हो।

दरअसल मोह ही आदमी को मारता है। जब आप स्वार्थ में लिप्त होते हैं, तो केवल अपने फायदे की बात सोचते हैं। सामने

वाला केवल आपके ऊँचे चढ़ने में सहायक सीढ़ी के समान होता है, जिसे काम निकलते ही हम हटा देते हैं। यह ठीक नहीं, जिन सहयोगियों की मेहनत के दम पर आप प्रगति की सीढ़ी चढ़ते हैं, उनके उपकार रूपी ऋण को जीवन भर याद रखना तथा मुसीबत के समय उनका साथ देना आपका नैतिक कर्तव्य है। पर अमूमन आगे बढ़ते समय हम पीछे मुड़कर नहीं देखते तथा आदमी को वस्तु मात्र मान उसका पूरा दोहन या शोषण करते हैं। तब उनके मन में भी आपके लिए श्रद्धा नहीं उपजती बल्कि वे काम को मन लगाकर करने के बजाय एक तटस्थ भाव से करते हैं। इससे संस्था को अपने कर्मचारियों का सर्वश्रेष्ठ योगदान नहीं मिलता। यह नेतृत्व का दोष है। बड़े आदमी को उदार बनना ही चाहिए।

सिख धर्म के प्रवर्तक गुरु नानक को एक बार गरीबों के शोषण से अर्जित सम्पदा के स्वामी एक घमंडी जमींदार ने अपने निवास पर स्वयं के वैभव प्रदर्शन हेतु आमंत्रित किया। नानक अपने साथ कुछ कंकड़-पत्थर ले गए तथा उस जमींदार के हाथ में इस शर्त के साथ देकर बोले कि इन्हें दूसरी दुनिया में लौटाना होगा। इस पर जमींदार को हँसी आ गई और बोला–भला यह भी कहीं सम्भव है!

गुरु नानक ने तुरन्त उत्तर दिया–तो फिर गरीब मासूम लोगों को कष्ट देकर उनकी हया से अर्जित इस सम्पत्ति का भी भला क्या मूल्य है!

रेगिस्तान निवासी एक सूफी सन्त के दरवाजे एक दिन मौत ने दस्तक दी और कहा–तेरा वक्त आ गया है।

फकीर ने उत्तर दिया–स्वागत है तुम्हारा, लेकिन मैं अधनंगा फकीर हूँ और नहीं चाहता कि मौत के बाद नंगा पड़ा रहूँ। अतः मुझे तीन दिन की मोहलत दो ताकि अपने कफन का इन्तजाम कर सकूँ।

मौत ने कहा–तूने तमाम उम्र खुदा की इबादत की है। जा तुझे मोहलत दी।

कहते हैं वह बुजुर्ग फकीर पास के एक शहर से तीन गज लम्बा चोगा खरीद लाया और शान्तचित्त होकर मौत की प्रतीक्षा करने लगा। तय समय मौत आई और प्राण लेकर चली गई। मृत शरीर वहीं पड़ा रहा। तभी एक काफिला वहाँ से गुजरा। लोगों ने लाश देखकर उसे दफनाना चाहा, लेकिन समस्या कफन की आ गई। तभी किसी की नजर उसके सर पर लिपटे कपड़े पर पड़ी, जो खोलने पर पूरे तीन गज निकला। लोग वाह-वाह कर उठे कि फकीर को अपनी मौत का इल्हाम था तभी तो उसने कफन का इन्तजाम पहले से कर लिया था।

कहते हैं तभी से अरब का हर आदमी अपना सिर तीन गज कपड़े से ढँककर रखता है। लोग उसे लिबास या धूल, धूप व आँधी से बचने का साधन समझते हैं, लेकिन वस्तुतः वह उसे मौत की असलियत से वाकिफ रखता है।

सुकरात ने कहा था—मृत्यु से बड़ा कोई सत्य नहीं है। इसे याद रखना बहुत सी बुराइयों से दूर रहना है।

एक बहुत ही सिद्ध और सच्चे भक्त थे। वे सदैव प्रसन्न रहते थे। एक दिन उनके एक शिष्य ने जब उनसे प्रसन्नता के मूलमंत्र के बारे में पूछा तो सन्त ने अगले सात दिनों में शिष्य की मृत्यु को प्राप्त हो जाने की घोषणा कर दी।

भविष्यवाणी सुनकर शिष्य सन्न रह गया। गहरे अवसाद से उसके व्यवहार में आश्चर्यजनक परिवर्तन आ गया। वह छोटी-मोटी बातों से ऊपर उठ गया और सभी से प्रेमपूर्ण व्यवहार करने लगा। उसके मन में उदारता ने जन्म ले लिया।

ठीक एक सप्ताह बाद सन्त ने उसे बुलाकर पूछा—कहो कैसा लग रहा है?

शिष्य ने कहा—पूरे सप्ताह मुझे किसी पर क्रोध नहीं आया। किसी को कड़वा नहीं बोला और सबके साथ प्रेमपूर्वक रहा। क्यों थोड़े समय के लिए बुराई का टोकरा सिर पर उठाऊँ?

सन्त ने कहा—मैंने यह भविष्यवाणी केवल इसलिए की थी ताकि तुम जान सको कि मन में मृत्यु की अवधारणा को धारण करनेवाला क्रोध, ईर्ष्या, लोभ इत्यादि सब बुराइयों से ऊपर उठ जाता है। यही मेरी प्रसन्नता का भी कारण है। जाओ प्रसन्न रहो। तुम्हारी काफी आयु अभी शेष है।

अतः यह अत्यावश्यक है कि हमारा जीवन निष्पाप हो। धन या सम्पदा केवल जीने के साधन मात्र हैं, उसका उद्‌देश्य नहीं। महात्मा गांधी ने तो कहा ही है कि मेरे लिए साधन की पवित्रता भी उतनी ही आवश्यक है, जितनी कि साध्य की। अपावन साधन साध्य की गरिमा को भी नष्ट कर देता है।

इसलिए साधन को साध्य मत बनने दीजिए। यह सत्य है कि हमें जीने के धन चाहिए, लेकिन केवल धन के लिए जीना तो एक अपराध है। धन को यह अवसर कदापि न दें कि वह आपके उद्‌देश्य का अपहरण ही कर ले। मन में मृत्यु का भाव न केवल हमें जीवन-यात्रा में सही मार्ग पर चलने की प्रेरणा देता है अपितु हमारे हृदय को भी स्वच्छ एवं निर्मल रखता है।

याद रखिए, मन में मृत्यु की सच्चाई को जिन्दा रखना भी एक प्रकार का वरदान है। असुरक्षा की यह भावना आपको बुरा काम करने से रोकेगी। समस्त विद्वानों ने हमें इस सत्य से अवगत कराया है कि जीवन मात्र एक रंगमंच है, जिस पर हमारे द्वारा किए गए क्रियाकलापों को ईश्वर देख रहा है। एक दिन पर्दा गिर जाएगा और हम अपने कर्मों की थाती के साथ लौट जाएँगे अपना हिसाब देने के लिए। याद रखिए, मृत्यु एक अटल सत्य है। यह एक न एक दिन अवश्य आएगी और हमारे लिए परम आनन्द के संसार का द्वार खोलेगी।

इसलिए यह याद रखना आवश्यक है कि स्नेह एवं उदारता का यही भाव आपको दयालु बनाता है। इसको आचरण में ढाल लेने के बाद आप पाएँगे कि आपके संगी, साथी और सहयोगी न केवल आपके प्रति समर्पित होंगे वरन् सौंपे गए कार्य को भी पूरी

मेहनत, लगन तथा ईमानदारी के साथ सम्पन्न करेंगे। नेतृत्व की सफलता के साथ-ही-साथ जीवन की सार्थकता के लिए ये गुण आवश्यक हैं। इनसे आपका व्यक्तित्व और निखरेगा तथा सब ओर आपका नाम आदर के साथ लिया जाएगा। सफलता आपके कदम चूमेगी। आमीन!

तुम स्वयं मृत्यु के मुख पर चरण धरो रे
जीना है तो मरने से नहीं डरो रे।

समस्त विद्वानों ने हमें इस सत्य से अवगत कराया है कि जीवन मात्र एक रंगमंच है, जिस पर हमारे द्वारा किए गए क्रियाकलापों को ईश्वर देख रहा है। एक दिन पर्दा गिर जाएगा और हम अपने कर्मों की थाती के साथ लौट जाएँगे अपना हिसाब देने के लिए। याद रखिए, मृत्यु एक अटल सत्य है। यह एक न एक दिन अवश्य आएगी और हमारे लिए परम आनन्द के संसार का द्वार खोलेगी।

उपकार का ऋण चुकाएँ कैसे
(Kindly Deeds, How to Repay)

जीवन में उपकार या एहसान मानने की प्रवृत्ति पर सबने बहुत कुछ कहा है तथा इस विषय पर अनेक ग्रन्थ रचे गए हैं। गोस्वामी तुलसीदासजी के शब्दों में तो—परहित सरिस धरम नहिं भाई यानी पराए के हित में उपकार करने से बड़ा कोई धर्म नहीं।

धर्म वस्तुतः है क्या! यह तो जीवन की आचार संहिता है। बचपन से हम अपने गुरुजनों से ऐसे सद्वाक्य सुनते आए हैं, जैसे—झूठ बोलना पाप है, सत्य बोलना धर्म है, चोरी करना पाप है, दूसरों की भलाई हमारा धर्म है, इत्यादि-इत्यादि। इन सबका सार यही है कि धर्म चाहे कोई भी हो हमारे पुरखों ने हमें जीवन में धर्मानुसार सही मार्ग पर चलने का न केवल रास्ता दिखाया बल्कि बुरी आदतों के तहत भटक जाने पर आचरण रूपी अंकुश भी लगाया है।

परोपकार भी एक ऐसा ही धर्म है। पर गलत से सही मार्ग पर चलने का यह सूत्र एकतरफा कैसे हो सकता है। परोपकार के साथ प्रति उपकार यानी कृतज्ञ होना अथवा एहसान मानने का भाव भी जुड़ा है। यदि आदमी अपने इरादों व आदतों में ईमानदारी नहीं बरतेगा तो फिर उसके मनुष्य होने पर ही सवालिया निशान लग जाएगा।

जीवन में सबकी इच्छा यही होती है कि वह दूसरों द्वारा उस पर किए जानेवाले उपकारों का भागीदार बने, लेकिन लौटाने के मामलों में अपनी कोई जिम्मेदारी नहीं मानता। यह ओछापन तथा कुमार्ग का

कालान्तर में जब कुरु सभा में युधिष्ठिर ने पत्नी को दाँव पर लगा दिया और हार गए तो दुर्योधन ने सारे गुरुजनों, विद्वानों से भरी राजसभा में द्रौपदी को निर्वस्त्र करने का आदेश दिया। इस अन्याय के सामने सब असहमत होते हुए भी चुप रहे। द्रौपदी रोती-गिड़गिड़ाती रही। जब उसके वीर पति ही उसकी रक्षा न कर सके तो वह दूसरों से क्या अपेक्षा करती!

रास्ता है। सच तो यह है कि उपकार के ऋण से उऋण हुआ ही नहीं जा सकता। इस मामले में कुरान शरीफ में साफ तौर पर कहा गया है कि एहसान का बदला एहसान ही हो सकता है अन्य कुछ नहीं। अतएव हमारी भावना उसके बदले में पूरी निष्ठा, समर्पण तथा शिद्दत के साथ उसे दुगुना, चौगुना करके लौटाने की होनी चाहिए। तभी और केवल तब ही तो समाज में अच्छाई फैल सकेगी तथा लोगों में आपस में प्यार, स्नेह एवं दिली मुहब्बत के वातावरण का निर्माण होगा। समाज एक सशक्त संगठन के रूप में उभरेगा। लोग मुसीबत के समय एक दूसरे के काम आएँगे।

उपकार चुकाया कैसे जाएगा, यह एक गहन विषय है। क्या यह हर स्थिति में सम्भव है। आपने सच सोचा है, यह हमेशा मुमकिन भी नहीं होता, पर हमारा भाव तो कृतज्ञता के साथ लौटाने का होना चाहिए। यही भाव तो असमर्थ को भी समर्थ बना देता है।

पांडव पत्नी द्रौपदी के प्रति श्रीकृष्ण के मन में अगाध स्नेह था। वे उन्हें बहन के रूप में मानते थे। श्रीकृष्ण भार्या रुक्मिणी के मन में यह बात सदैव बनी रहती थी कि वे पत्नी के अधिकार व मान-सम्मान की कीमत पर द्रौपदी को तरजीह देते थे। श्रीकृष्ण इस स्त्री मनोविज्ञान से भलीभाँति परिचित थे।

अतएव उन्होंने सही मौके पर इसे साबित करने का प्रयास किया। एक दिन काम के दौरान श्रीकृष्ण के हाथ में चोट लग गई तथा खून बहने लगा। रुक्मिणी सहित समस्त रानियों व राज कर्मचारियों में कोलाहल मच गया। सब लोग दवा, सेवा, सुश्रुषा हेतु दौड़े। द्रौपदी पास ही बैठी थी। उसने एक क्षण भी सोचे बगैर अपनी कीमती रेशमी साड़ी का पल्लू फाड़कर तुरन्त भगवान कृष्ण की उस उँगली पर, जिसमें से रक्त बह रहा था, बाँध दिया।

जब सब लौटे तब तक उँगली से खून बहना बन्द हो गया था। रुक्मिणी को बात का मर्म तुरन्त समझ में आ गया कि परोपकार का कैसा भाव मन में होना चाहिए। संकट के समय बगैर एक क्षण की

भी देरी के, हानि-लाभ के सोच को परे रखते हुए जो व्यक्ति किसी दूसरे के काम आता है, वही सच्चा परोपकारी है।

पर हमारी बात यहीं समाप्त नहीं होती। श्रीकृष्ण भाव-विह्वल हो गए। उनकी आँखों से अश्रु का सैलाब बह उठा। कैसे चुका पाएँगे द्रौपदी के इस उपकार का ऋण। कालान्तर में जब कुरु सभा में युधिष्ठिर ने पत्नी को दाँव पर लगा दिया और हार गए तो दुर्योधन ने सारे गुरुजनों, विद्वानों से भरी राजसभा में द्रौपदी को निर्वस्त्र करने का आदेश दिया। इस अन्याय के सामने सब असहमत होते हुए भी चुप रहे। द्रौपदी रोती-गिड़गिड़ाती रही। जब उसके वीर पति ही उसकी रक्षा न कर सके तो वह दूसरों से क्या अपेक्षा करती!

और तब उसने कातर स्वर में श्रीकृष्ण को पुकारा। वे उस समय अपने राजमहल में विश्राम कर रहे थे। द्रौपदी की एक पुकार पर वे नंगे पैर ही दौड़ पड़े। आगे की बात सबको मालूम है। दुशासन चीर हरण करते-करते थक गया, लेकिन श्रीकृष्ण के वस्त्र का थान एक नारी की लाज, लज्जा और शील की रक्षा करता रहा। समूची नारी जाति की लाज उस दिन भगवान कृष्ण के हाथों बची।

ऐसा था श्रीकृष्ण का उपकार चुकाने का भाव। सही मौके पर साड़ी के एक टुकड़े का मोल उन्होंने कई गुना बढ़ाकर चुकाया था। अपनी इसी भावना के कारण तो हमारे सारे महापुरुष देव रूप में पूजे जाते हैं। मन में यही भाव जगाने की हमारी इच्छा तथा संकल्प शक्ति होनी चाहिए। कर भला तो हो भला। हर भलाई तथा उसे सच्चे दिल से चुकाने की इच्छा कई गुना बड़ी होकर दुबारा लौटती है। अच्छा कर्म कभी व्यर्थ नहीं जाता है। उसके लिए परलोक जाने की आवश्यकता नहीं। वह तो इसी लोक में मिलता है। लोक-परलोक किसने देखा है! हमारे अच्छे कर्म ही जीवन को स्वर्ग बनाते हैं तथा बुरे काम उसे नरक।

अतएव आप भी अपने प्रति किए गए उपकार का पूरा सम्मान करते हुए, उसे न केवल भक्तिभाव से स्वीकारें, बल्कि पूरी श्रद्धा एवं विश्वास के साथ लौटाने का जज़्बा दिल में पैदा करें। यही धर्म है।

इसी का मर्म यदि हमें ठीक से समझ में आ जाए तो फिर सन्त कबीर के शब्दों में काशी या काबा जाने की जरूरत ही नहीं। ईश्वर तो हमारे अन्दर ही विराजमान है। उसे ठीक से पहचानकर अच्छे काम के प्रति हमारी लगन ही तो हमें उससे जोड़ती है।

इसीलिए तो किसी मशहूर शायर ने कहा भी है कि :

कब तक काबा काशी जाएगा
कभी खुद की तरफ आएगा।

अच्छा कर्म कभी व्यर्थ नहीं जाता है। उसके लिए परलोक जाने की आवश्यकता नहीं। वह तो इसी लोक में मिलता है। लोक-परलोक किसने देखा है! हमारे अच्छे कर्म ही जीवन को स्वर्ग बनाते हैं तथा बुरे काम उसे नरक।

युधिष्ठिर ने कहा—महाराज, व्यक्ति की रक्षा तो धर्म करता है। धर्म से विमुख होने पर मनुष्य का नाश होता है। पिता की पहली पत्नी कुन्ती का एक पुत्र मैं बचा हूँ। मैं चाहता हूँ दूसरी माता माद्री का भी एक पुत्र जीवित रहे।

युधिष्ठिर का धर्मसंगत उत्तर सुनकर यक्ष अतिशय प्रसन्न हो उठे तथा असली स्वरूप में प्रकट हो गए। वे कोई और नहीं बल्कि साक्षात् यमराज थे। उन्होंने सारे भाइयों को फिर से जीवित कर दिया।

सत्य करें सपनों को, साथ रखें अपनों को
(Keep Colleagues Together)

'एकला चलो रे' की एकांगी व जोखिमपूर्ण नीति किसी काल में प्रासंगिक रही होगी पर आज के प्रबन्धन परिवेश में किसी भी तरह ग्राह्य व स्वीकार करने योग्य नहीं है। तब जीवन में इतनी चुनौतियाँ नहीं थीं और न ही इतने विशाल लक्ष्य। एक आरामदायक जीवन जो बहुत कम आवश्यकताओं के साथ सुविधापूर्वक कट जाया करता था। तब एक अकेला आदमी अपने दम पर कुछ कर गुजरने का साहस भी करता था एवं अनेकों बार लक्ष्य प्राप्ति में सफल भी हो जाता था।

पर वर्तमान युग औद्योगिक एवं तकनीकी प्रगति का संक्रमण काल है। हर आनेवाला समय अपनी चुनौतियाँ साथ लाता है एवं उन पर कड़ी मेहनत करके विजय प्राप्त करने के उपरान्त ही कोई सुख-सुविधा के रथ पर आरूढ़ हो सकता है। गोस्वामी तुलसीदास ने कहा है—सकल पदारथ हैं जग माहीं, करमहीन नर पावत नाहीं। पर किसी बड़े कर्मरूपी लक्ष्य की प्राप्ति के लिए एक सुगठित समूह का सहयोग नितान्त आवश्यक है।

दरअसल जो आपके साथ हैं, जिसके साथ आपको कार्य करना है और जो आपको परिणाम के अन्तिम पड़ाव तक पहुँचाएँगे उनको अलग-थलग रखकर केवल अपने यश की दुन्दुभी बजाते हुए भला आप कैसे वांछित उद्देश्य प्राप्ति में सफल हो पाएँगे। इसीलिए तो कहा गया है—

मुखिया मुख सों चाहिए, खान पान में एक।
पाले पोसे सकल जग, तुलसी सहित विवेक॥

अहं ब्रम्ह्मस्मि अर्थात् मैं ही सर्वोपरि, सर्वेसर्वा एवं सब कुछ तथा दूसरे कुछ भी नहीं—का युग अब इतिहास के पन्नों में सिमटकर रह गया

है। हिटलर, मुसोलिनी इत्यादि समस्त अत्याचारी, अहंकारी तानाशाह व्यक्तित्व अनेक पीढ़ियों के लिए एक शर्मनाक नियति के रूप में टँके हुए हैं। उनकी पहचान केवल घृणा व हिकारत का पर्याय बनकर रह गई है। इसलिए नेतृत्व की पहली शर्त यही है कि वह सबको साथ लेकर चल सके श्रेय की लिप्सा में पड़े बगैर एक स्वार्थ रहित, उदार, सबके दुख-दर्द का एक ऐसा हमसफर जिस पर पूरा समूह भरोसा करते हुए गर्व कर सके।

बचपन में पढ़ा एक दृष्टान्त इस सन्दर्भ में मुझे बेहद सटीक, प्रामाणिक तथा सामयिक लगता है।

यक्ष प्रश्न :

बारह वर्षीय वनवास के अन्तिम चरण में एक दीन ब्राह्मण की सहायतातुर पांडव एक मृग का पीछा करते हुए हार-थककर एक पेड़ के नीचे विश्राम हेतु रुके। वे प्यास से बेहद व्याकुल थे। अतः सर्वप्रथम नकुल को जल लाने भेजा गया।

पास ही एक सुन्दर, स्वच्छ सरोवर था। पर जैसे ही नकुल जल पीने को उद्यत हुए, तभी एक यक्ष की वाणी गुंजायमान हुई–रुको, यह जलाशय मेरे अधीन है और जब तक तुम मेरे प्रश्नों के उत्तर नहीं दे देते, जलपान वर्जित है।

लेकिन प्यास से व्याकुल नकुल ने इस पर कोई ध्यान नहीं दिया। पर जल को छूते ही वे मूर्च्छित हो गए।

तदुपरान्त सहदेव, अर्जुन, भीम तीनों क्रमशः एक के बाद एक जल लाने हेतु गए। अभिमानी अर्जुन के शब्द भेदी-बाण की शक्ति कुंठित हो गई तथा भीम का शारीरिक बल भी उनके किसी काम न आया। अपनी हठधर्मिता से वे सब मूर्च्छित हो गए।

भाइयों को न लौटते देख युधिष्ठिर व्याकुल हो गए तथा स्वयं सरोवर के समीप पहुँचे। उन्हें भी वही वाणी सुनाई दी। वे सारा माजरा समझ गए एवं तब वे उत्तर हेतु तुरन्त तैयार हो गए। और प्रश्नोत्तर संवाद आरम्भ हुआ–

प्रश्न–मनुष्य का साथ कौन देता है?

उत्तर–धैर्य ही मनुष्य का साथ देता है।

प्रश्न–यश लाभ का एकमात्र उपाय क्या है?

उत्तर–दान।

प्रश्न–हवा से भी तेज चलनेवाला कौन है?

उत्तर–मन।

प्रश्न–परदेस प्रवास में कौन सच्चा साथी होता है?

उत्तर–विद्या।

प्रश्न–किसे त्यागकर मनुष्य मुक्त हो जाता है?

उत्तर–अहं भाव छूट जाने पर।

प्रश्न–किस चीज के खो जाने का दुख नहीं होता?

उत्तर–क्रोध।

प्रश्न–किस चीज को गँवाकर मनुष्य धनी बना रहता है?

उत्तर–लोभ।

प्रश्न–मनुष्य होना किस बात पर निर्भर होता है?

उत्तर–शील स्वभाव पर।

प्रश्न–धर्म से बढ़कर संसार में और क्या है?

उत्तर–उदारता।

प्रश्न–कौन-सी मित्रता कभी पुरानी नहीं होती?

उत्तर–सज्जनों के साथ की गई उदारता।

प्रश्न–इस जगत का सबसे बड़ा आश्चर्य?

उत्तर–मनुष्य! वह जानता है कि उसे एक दिन जाना है। फिर भी अनन्त काल तक रहने की जुगत करता है।

यक्ष ने प्रसन्न होकर किसी एक को जीवित करने का वचन दिया तो युधिष्ठिर ने नकुल का नाम लिया।

यक्ष ने आश्चर्य के साथ पूछा–नकुल क्यों? इससे तो भीम व अर्जुन अधिक अच्छे रहते तथा तुम्हारी रक्षा करते।

युधिष्ठिर ने कहा–महाराज, व्यक्ति की रक्षा तो धर्म करता है। धर्म से विमुख होने पर मनुष्य का नाश होता है। पिता की पहली पत्नी कुन्ती का एक पुत्र मैं बचा हूँ। मैं चाहता हूँ दूसरी माता माद्री का भी एक पुत्र

जीवित रहे।

युधिष्ठिर का धर्मसंगत उत्तर सुनकर यक्ष अतिशय प्रसन्न हो उठे तथा असली स्वरूप में प्रकट हो गए। वे कोई और नहीं बल्कि साक्षात् यमराज थे। उन्होंने सारे भाइयों को फिर से जीवित कर दिया।

नेतृत्व का इतना अच्छा, सुलझा हुआ, स्वार्थ रहित व उदार उदाहरण जो हमारी विरासत है, दूसरा भला कहाँ मिलेगा! चरित्र की यही गम्भीरता, सबके साथ मिल-जुलकर चलने व कठिन समय में उचित निर्णय लेने की क्षमता ही नेतृत्व की सार्थकता को सिद्ध करती है तथा न केवल सहयोगियों बल्कि अन्य जनों के लिए भी अनुकरणीय हो जाती है। थोड़ा सा भी छोटा या स्वार्थपरक सोच युधिष्ठिर को भी उसी राह पर ले जाता। लेकिन उस कठिन विपत्ति काल में पूरे धैर्य के साथ बगैर सन्तुलन खोए उन्होंने जिस चरित्र का परिचय दिया उसी के कारण उन्हें उस समय के समाज में न केवल विवाद रहित माना गया बल्कि धर्मराज की सर्वमान्य उपाधि से भी विभूषित किया गया।

याद रहे, प्रकृति के क्रम में कोई चीज भी स्थायी नहीं होती। आपको समयानुसार स्वयं को ढालते हुए सबको साथ लेकर चलना होगा। एक बात और ध्यान में रहे कि उच्च शिखर पर पहुँचना आसान है, लेकिन उस पर बने रहकर सबकी प्रतिभा का समुचित उपयोग करते हुए सफल होना कठिन है। उसके लिए नेतृत्व को सतत प्रयत्नशील रहते हुए प्रयास करना होगा। एक बार की सफलता हर बार की सफलता नहीं होती। आपका जादुई या करिश्माई व्यक्तित्व भी केवल एकाध बार ही आपको सफलता के द्वार तक ले जा सकता है। लेकिन सतत सफलता के लिए तो आपको स्वयं के अन्दर परिवर्तन लाना होगा। नेतृत्व एक सतत साधना है और साधना का मार्ग आसान नहीं होता। पूरी दुनिया का इतिहास उठाकर देख लीजिए। इन सबमें एक बात सर्वमान्य है कि ईसा मसीह, हजरत पैगम्बर से लेकर राम, कृष्ण, महावीर, बुद्ध सबने सारे संकट, तत्कालीन त्रासदी को स्वयं पर ढोते हुए भी धर्म, साहस, संकल्प व सहजता के साथ अपने कर्तव्य का सफलतापूर्वक न केवल निर्वहण किया बल्कि उनके द्वारा संसार के सम्मुख एक आदर्श जीवन प्रणाली की

सौगात भी प्रदान की गई। यदि वे केवल स्वहित की बात सोचते तो न तो तब के समूह को साथ रख पाते और न ही आज इतने वर्षों बाद भी जनमानस के स्थायी नेतृत्व हो पाते।

उपरोक्त कथन का सारांश केवल इतना है कि सबको साथ लेकर चल सकने की प्रवृत्ति व क्षमता के बगैर नेतृत्व केवल अक्षम ही नहीं बल्कि अधूरा है। यही आज के प्रबन्धन का सार है।

थोड़ा सा भी छोटा या स्वार्थपरक सोच युधिष्ठिर को भी उसी राह पर ले जाता। लेकिन उस कठिन विपत्ति काल में पूरे धैर्य के साथ बगैर सन्तुलन खोए उन्होंने जिस चरित्र का परिचय दिया उसी के कारण उन्हें उस समय के समाज में न केवल विवाद रहित माना गया बल्कि धर्मराज की सर्वमान्य उपाधि से भी विभूषित किया गया।

अच्छा-बुरा, यश-अपयश, हानि-लाभ जीवन के अंग हैं तथा हमें उन्हें पूरी सहजता, सादगी के साथ प्रसन्नतापूर्वक स्वीकार करना चाहिए। इसी तर्ज पर हाँ या ना शब्द भी समय व परिस्थिति के अनुसार उपयोग किए जाने चाहिए। हाँ की स्थिति में आपकी हाँ सहमति की सूचक है तथा परिणामकारी, जबकि ना की स्थिति में आपकी हाँ विध्वंसकारी।

ना कहना भी सीखें
(Learn to Say no Also)

ना कहना सीखने से हमारा अभिप्राय नकारात्मक (Negative) होना नहीं है। प्रबन्धन की भाषा में सकारात्मकता (Creativity) का एक पहलू सदैव हाँ करना (Affirmative) होता है। खासतौर पर तब जब परिस्थिति कठिन हो और लोग आशाभरी निगाहों से आपकी ओर देख रहे हों। यह उचित भी है। कुतर्की व झगड़ालू किस्म का आदमी किसी भी परिस्थिति में अच्छे से अच्छे उद्देश्य के लिए भी हाँ-नहीं कहेगा। जबकि अच्छा आदमी उन्हीं परिस्थितियों में कभी ना नहीं कहेगा।

लेकिन इसका एक दूसरा पहलू भी है। अपनी छवि (Image) चमकाने, समाज या कार्य-स्थल पर अपना मान-सम्मान तथा प्रसिद्धि की चाह में हम उचित-अनुचित से परे हर बात में हाँ करते हुए अपनी सहमति जताते रहते हैं। हमारे अन्दर यह डर हमेशा बना रहता है कि ना कहते ही सामनेवाले के मन में हमारी वर्षों की मेहनत से जमी-जमाई अच्छी छवि मिनटों में खाक हो जाएगी। एक बात और है वह यह कि आत्मविश्वास के अभाव में हम कई बार चाहकर भी ना नहीं कह पाते। और अन्ततोगत्वा हमारी स्थिति रेशम के उस कीड़े के समान हो जाती है, जो अपने बुने जाल में उलझकर खुद को ही समाप्त कर लेता है।

अच्छा-बुरा, यश-अपयश, हानि-लाभ दोनों जीवन के अंग हैं तथा हमें उन्हें पूरी सहजता, सादगी के साथ प्रसन्नतापूर्वक स्वीकार करना

चाहिए। इसी तर्ज पर हाँ या ना शब्द भी समय व परिस्थिति के अनुसार उपयोग किए जाने चाहिए। हाँ की स्थिति में आपकी हाँ सहमति की सूचक है तथा परिणामकारी, जबकि ना की स्थिति में आपकी हाँ विध्वंसकारी।

कई बार अप्रिय स्थिति को टालने की गरज से आप स्पष्ट ना करने के बजाय चुप रह जाते हैं। यह भी उतना ही खतरनाक है, क्योंकि तब आपका मौन अत्याचार, अनाचार पर गलत के साथ होने का भ्रम भी उत्पन्न कर देता है–मौनं स्वीकृति सूचकम् अर्थात गलत परिस्थिति में मौन भी सहमति का सूचक है।

याद करिए कुरुसभा में द्रौपदी के चीर हरण के समय क्या हुआ था! भीष्म व विदुर जैसे लोग भी अन्याय का प्रतिरोध करने के बजाय मौन बैठे रहे। अपनी आत्मा को मारकर जीने का बोझ उन्हें तमाम उम्र ढोना पड़ा। राष्ट्रकवि दिनकर ने इस सन्दर्भ में कितना सटीक कहा है–

समर शेष है नहीं पाप का भागी केवल व्याध,
जो तटस्थ हैं समय लिखेगा उनका भी अपराध।

इसलिए सत्य के साथ खड़े रहकर गलत के लिए ना कहने का साहस जुटाना पुरुषार्थ का प्रतीक है। इस सन्दर्भ में एक उदाहरण पांडवों के बड़े भाई युधिष्ठिर का है। वे सत्यवादी, उदार, धर्म का आचरण करनेवाले सब सद्गुणों की खान थे। लेकिन वे इतने सरल तथा सीधे थे कि अपने विरोधियों को ना करने का साहस कभी नहीं जुटा सके। उनकी इसी कमजोरी का फायदा दुर्योधन तथा शकुनि ने उठाया। उन्हें द्यूत क्रीड़ा के लिए आमंत्रित किया। जुआ एक सामाजिक बुराई है यह जानते हुए भी वे ना नहीं कर सके तथा उस प्रसंग का जो अन्त हुआ वो सबको ज्ञात है। द्रौपदी को दाँव पर लगाकर हारने के बाद राजसभा में पत्नी के चीर हरण का प्रसंग भी उन्हें अपनी आँखों के सामने झेलना पड़ा।

इस बात को एक और तरह से समझते हैं। आपके कर्म क्षेत्र में अनेक लोग आपकी इस कमजोरी से वाकिफ होते हैं। काम निकालने की कला में पारंगत ये लोग आपके शुभचिन्तक तथा हितैषी न होते हुए भी आपकी इस कमजोरी का भरपूर लाभ उठाते हुए अपना उल्लू सीधा करते रहते हैं। आप उनके उचित-अनुचित सभी कार्य करने के लिए बाध्य हो जाते हैं तथा सतत पिसते रहते हैं। आपके मन में एक अन्तर्द्वन्द्व सतत चलता रहता है। आप अपने जमीर को मारकर जीने पर मजबूर हो जाते हैं और फिर एक दिन ऐसा भी आता है कि जब आप सामनेवाले का कोई काम नहीं कर पाते। तब उन्हीं क्षणों से आपके सारे उपकार अपकार में बदल जाते हैं तथा वह व्यक्ति आपका घनघोर शत्रु। आरम्भ में केवल सलीके से कही गई आपकी एक ना आपको इस सारे फसाद से बचा सकती थी बशर्ते आप उसका साहस जुटा पाते।

इस मामले में आप महाभारत का ही दूसरा प्रसंग लें। कुन्ती पुत्र कर्ण के ऊपर दुर्योधन के अनेक उपकार थे। पांडवों के सबसे बड़े भाई होने के सत्य से कर्ण अनजान थे। महायुद्ध शुरू होने के पहले जब कृष्ण ने यह बात उन्हें बताकर सत्य के पक्ष में युद्ध का आह्वान किया तो उन्होंने साफ मना करते हुए स्वामी तथा मित्र भक्ति की अद्‌भुत मिसाल कायम की। युद्ध में सब कौरवों के साथ कर्ण भी मारे गए। लेकिन आज भी उनका नाम पूरे आदर व श्रद्धा के साथ लिया जाता है। मात्र इसलिए कि परीक्षा की उन घड़ियों में अपने सिद्धान्त पर अडिग रहते हुए उन्होंने स्पष्ट ना कह सकने का साहस जुटाया था।

यही प्रबन्धन से अपेक्षित है। कठिन क्षणों में सही-गलत की सफल विवेचना करते हुए ना कहने का सामर्थ्य स्वयं में विकसित करें। यह मार्ग थोड़ा-बहुत जोखिम-भरा अवश्य हो सकता है लेकिन अन्ततः आपके हित में होता है। एक बार जब लोग जान जाते हैं कि आप अपनी बुद्धि का उपयोग करते हुए सहमति और असहमति यानी

हाँ या ना स्पष्ट रूप से कहने का साहस रखते हैं तो आपसे कभी भी अनुचित का आग्रह नहीं किया जाएगा। तब आप उचित काम के साथ जीवन-यात्रा में अवरोधों को पार करते हुए सानन्द लक्ष्य पा सकेंगे। यही इस शीर्षक का जीवन सार है।

एक बार जब लोग जान जाते हैं कि आप अपनी बुद्धि का उपयोग करते हुए सहमति और असहमति यानी हाँ या ना स्पष्ट रूप से कहने का साहस रखते हैं तो आपसे कभी भी अनुचित का आग्रह नहीं किया जाएगा। तब आप उचित काम के साथ जीवन-यात्रा में अवरोधों को पार करते हुए सानन्द लक्ष्य पा सकेंगे।

सन्तोषी सदा सुखी
(Happiness Lies in Satisfaction)

आदमी की सारी कोशिशों की गंगा का एकमात्र लक्ष्य होता है सुख के सागर की प्राप्ति। इसी कस्तूरी की खोज में वह मृग के समान संसार के मरुस्थल में सारा जीवन हाँफता दौड़ता रहता है। आखिर में जब तक सत्य समझ में आता है तब तक बहुत देर हो जाती है और फिर सिवाय हाथ मलने के आदमी के पास कुछ नहीं रहता। सारी सुविधा, सम्पन्नता तो मात्र बाहरी है दरअसल असली सुख तो अन्तरात्मा का होता है। जरूरी नहीं कि बाहरी सुख अन्दर के सुख का साथी ही हो, पर अन्दर का सुख अवश्य आदमी के बाहरी सुख की आवश्यकता को समाप्त कर देता है।

आप सारे सन्त-फकीरों को देखिए वो तमाम बाहरी असुविधाओं के बीच भी अलमस्त रहते हैं, जबकि बड़े-बड़े धनवान सब कुछ पाकर भी दुखी रहते हैं। कहा भी गया है–जो सुख पायो फकीरी में, वो कब पायो अमीरी में।

प्रबन्धन के क्षेत्र में तो जैसे-जैसे आप आगे की सीढ़ियाँ चढ़ते हैं चुनौतियाँ बढ़ती हैं, तनाव भी कमोबेश बढ़ते हैं, तरक्की की लिप्सा भी मुँह फाड़कर सामने आ जाती है। ऐसी स्थिति में केवल सन्तोष का धन ही आपको ठहराव दे सकता है। असन्तोष केवल आपकी समस्याओं में अभिवृद्धि करता है। आपके मनोबल व आत्मविश्वास को कमजोर करता है। रसखान ने कितना ठीक कहा है–

गोधन गज धन वारि धन
और रतन धन खान,

यहूदी पुजारी (रब्बी) अकीबा रेगिस्तान की यात्रा पर थे। एक शाम वे एक छोटे से गाँव में पहुँचे और उन्होंने वहीं रात गुजारने का फैसला किया। लेकिन वे इस बात को जानकर आश्चर्यचकित और निराश हुए कि गाँव के लोग अजनबी यात्रियों को बेहद शक की निगाह से देखते हैं। वे समझ गए कि उन्हें कोई भी पनाह नहीं देगा।

जब आवे सन्तोष धन
सब धन धूरि समान।

यहूदी पुजारी (रब्बी) अकीबा रेगिस्तान की यात्रा पर थे। एक शाम वे एक छोटे-से गाँव में पहुँचे और उन्होंने वहीं रात गुजारने का फैसला किया। लेकिन वे इस बात को जानकर आश्चर्यचकित और निराश हुए कि गाँव के लोग अजनबी यात्रियों को बेहद शक की निगाह से देखते हैं। वे समझ गए कि उन्हें कोई भी पनाह नहीं देगा।

इस बात पर यकीन करना मुश्किल था कि कोई व्यक्ति इतना आतिथ्य-सत्कार विहीन भी हो सकता है। अकीबा ने सोचा—लेकिन, ईश्वर न्यायप्रिय है और जो भी होता है, अच्छा ही होता है।

कपड़ों के अलावा उनके पास मात्र चार चीजें थीं—एक किताब, एक बत्ती, अलसबाह बाँग देकर उन्हें जगानेवाला एक मुर्गा और एक गधा, जिस पर वे सवारी किया करते थे।

गाँववालों द्वारा पनाह देने से इनकार करने पर वे थोड़ी दूर आगे बढ़े और एक पेड़ के नीचे अपनी व्यवस्था कर ली। उन्होंने बत्ती जलाई और किताब खोल ली ताकि सोने से पहले कुछ पढ़ लें। उन्होंने अभी सिर्फ एक पृष्ठ पढ़ा ही था कि हवा का एक झोंका आया और बत्ती बुझ गई।

क्या? अकीबा ने आश्चर्य से कहा—मुझे पढ़ने की इजाजत नहीं है? लेकिन, ईश्वर न्यायप्रिय है। जो भी होता है, अच्छे के लिए ही होता है।

वे अपने आपको ठंडी नंगी जमीन पर पसारकर कुछ घंटों के लिए सोने की कोशिश करने लगे। जैसे ही वे अर्धनिद्रा में पहुँचे उन्हें मुर्गे की तेज चीख सुनाई पड़ी और साथ ही पंखों की जोरदार फड़फड़ाहट भी। एक भेड़िए ने मुर्गे को पकड़ लिया था।

मेरा विश्वासपात्र साथी चला गया। अकीबा ने सोचा—वह भी इतनी दारुण स्थिति में। लेकिन, ईश्वर न्यायप्रिय है और जो भी होता है अच्छा ही होता है।

आगे चलकर रात में एक शेर ने झपट्टा मारा और गधे को उठा ले गया। इस बार रब्बी ने खुद से कहा कि जो हुआ है, अच्छे के लिए हुआ है। निद्राविहीन रात्रि के पश्चात् वे फिर से गाँव में गए यह सोचकर कि शायद आगे की यात्रा के लिए कोई सवारी या घोड़ा मिल जाए। लेकिन गाँव में पहुँचकर वे दहल उठे। उन्होंने देखा कि गाँव के सारे घर रात में लुटेरों ने लूट लिये हैं और उनमें रहनेवालों को मार डाला है।

यदि इन लोगों ने मुझे दूर नहीं कर दिया होता तो मैं भी इनके साथ मारा गया होता। अकीब ने सोचा—और, यदि हवा के झोंके से मेरी बत्ती बुझी नहीं होती तो लुटेरों को मेरा पता भी लग गया होता और जंगली जानवर मेरे पशुओं को उठा नहीं ले गए होते तो उनकी आवाज से हत्यारों को मेरी मौजूदगी का पता चल जाता और मेरी भी जान चली जाती। ईश्वर न्यायप्रिय है और जो भी होता है अच्छा ही होता है।

हमारे सारे प्रयत्न, कर्म, आकांक्षा, महत्त्वाकांक्षा का केवल एक ही लक्ष्य है और वह है सुख तथा सन्तोष की प्राप्ति। इच्छाएँ चाहे तो धन की हो, कैरियर की हो या कोई और आकाश-सी अनन्त होती हैं। उनका कोई ओर या छोर नहीं होता। आदमी की प्रवृत्ति मूलतः कभी भी सन्तुष्ट न होनेवाले प्राणी की होती है। जितना मिलता है उससे अधिक की लालसा उसके मन में जाग जाती है। इसी निन्यानबे के फेर में जीवन गुजर जाता है। वह मात्र धोबी का प्राणी होकर रह जाता है न घर का, न घाट का। उसे न तो खुदा मिलता है और न विसाले सनम। यानी कुल मिलाकर वह न इधर का रहता है और न उधर का।

एक बार सच्चे मन से अपने अन्दर सन्तोष की लौ जग जाए तो जीवन के किसी भी क्षेत्र में सफलता तयशुदा है, क्योंकि तब आप अपने साथियों के प्रति न केवल उदार व न्यायशील होंगे बल्कि उनकी भावनाओं को भी अच्छी तरह समझ सकेंगे। उनका पूरा खयाल रखते हुए उनकी उन्नति में सहायक होंगे। लोग पूरी लगन व समर्पण भावना

से आपके साथ होंगे। सफलता आपका अनुसरण करेगी तथा आप पूरे आत्मविश्वास के साथ जीवन की डगर पर वास्तविकताओं को सहजतापूर्वक स्वीकार करते हुए निरन्तर आगे बढ़ते रहेंगे। अस्तु, आज से भौतिक तथा ऊपरी धन के मोह को तिलांजलि देकर सुख व सन्तोष की खोज अपने अन्दर करते हुए सच्चे सुखी बनिए।

एक बार सच्चे मन से अपने अन्दर सन्तोष की लौ जग जाए तो जीवन के किसी भी क्षेत्र में सफलता तयशुदा है, क्योंकि तब आप अपने साथियों के प्रति न केवल उदार व न्यायशील होंगे बल्कि उनकी भावनाओं को भी अच्छी तरह समझ सकेंगे। उनका पूरा खयाल रखते हुए उनकी उन्नति में सहायक होंगे। लोग पूरी लगन व समर्पण भावना से आपके साथ होंगे। सफलता आपका अनुसरण करेगी तथा आप पूरे आत्मविश्वास के साथ जीवन की डगर पर वास्तविकताओं को सहजतापूर्वक स्वीकार करते हुए निरन्तर आगे बढ़ते रहेंगे।

अच्छा-बुरा भी कई बार परिस्थिति के अनुसार बदलता रहता है। वर्षों पुराना अच्छा मित्र जिसका हर काम आपने किया हो पर यदि एक बार चूक हो गई और आप न कर पाए तो आपका शत्रु बन जाता है। जबकि कई बार बुरे से बुरा आदमी आपकी अच्छाई के पारस का स्पर्श पाते ही लोहे से सोना बन जाता है।

शरणागत की करें रक्षा
(Protect the One Who Takes with Refuge)

जीवन में हमारा पाला अनेक किस्म के लोगों से पड़ता है। सुर-असुर, अच्छे-बुरे, आस्तिक-नास्तिक सब कुल मिलाकर हमें जीवन में खट्टे-मीठे अनुभव की थाती के साथ ही साथ जीवन जीने की कला भी सिखाते हैं। अच्छे आदमी के साथ तो जीवन का सफर अच्छा ही कटता है, पर बुरा भी कई बार लाभ की स्थिति ले आता है। उससे धोखा खा-खाकर हमारी सहनशक्ति में न केवल बढ़ोतरी होती है बल्कि कई बार तो हमें संकट के क्षणों का कैसे सफलतापूर्वक सामना किया जा सकता है इसकी सीख मिलती है।

सच बात तो यह है कि अच्छे-बुरे के पचड़े में पड़े बगैर हमें अपनी यात्रा जारी रखनी चाहिए। जब लक्ष्य या ध्येय हमारा अपना है तो फिर उस पर चलने की क्षमता पैदा करना भी हमारा ही उत्तरदायित्व है।

अच्छा-बुरा भी कई बार परिस्थिति के अनुसार बदलता रहता है। वर्षों पुराना अच्छा मित्र जिसका हर काम आपने किया हो पर यदि एक बार चूक हो गई और आप न कर पाए तो आपका शत्रु बन जाता है। जबकि कई बार बुरे से बुरा आदमी आपकी अच्छाई के पारस का स्पर्श पाते ही लोहे से सोना बन जाता है।

इसलिए यह बेहद जरूरी है कि व्यर्थ के पचड़े में पड़े बगैर हम अपना काम अपनी समझदारी के मद्देनजर पूरी ईमानदारी से करते रहें। बुरे से बुरा आदमी भी यदि कठिनाई के क्षणों में आपके पास आए तो आप अपना दिल बड़ा रखते हुए उसकी सहायता करें–निष्काम कर्म की तरह बगैर फल की चाहत के।

रामायण का प्रसंग है। राम 14 वर्ष के वनवास में थे। रावण सीता हरण कर चुका था। उन्हें युद्ध हेतु सैन्य बल की आवश्यकता थी। तभी हनुमान ने उनकी भेंट वानरराज सुग्रीव से कराई जिनकी पत्नी का हरण बड़े भाई बालि ने करके न केवल उनके राज्य पर कब्जा कर लिया था, बल्कि उन्हें देश-निकाला भी दे दिया था। शक्तिबल में कमजोर सुग्रीव वन-वन भटकने को मजबूर थे। तभी उनकी भेंट श्रीराम से हनुमान के माध्यम से हुई।

पूरी घटना सुनने के बाद राम ने सुग्रीव से कहा कि वह बालि को युद्ध हेतु ललकारे। बालि को यह वरदान प्राप्त था कि शत्रु से लड़ते समय सामनेवाले की आधी शक्ति उसके पास आ जाती थी। अतएव उसे परास्त करना असम्भव था। सुग्रीव डर गया। राम भी प्रत्यक्ष युद्ध में उसे परास्त नहीं कर सकते थे।

सो राम ने एक युक्ति सोची और सुग्रीव का मनोबल इस हद तक बढ़ाया कि उसने बड़े भाई को युद्ध हेतु आमंत्रित किया। युद्ध में बालि के भारी पड़ते ही एक पेड़ की ओट से राम ने तीर चलाकर बालि का वध कर दिया।

बालि ने मृत्यु पूर्व राम से केवल एक ही प्रश्न पूछा कि वे तो मर्यादा पुरुषोत्तम थे, फिर छलपूर्वक मारने का पाप उन्होंने क्यों किया?

राम ने उत्तर दिया कि कोई और चारा ही नहीं था। सुग्रीव असहाय व कमजोर थे तथा उनकी शरण में रक्षा हेतु आए थे। अतः शरणागत की रक्षा की महती जिम्मेदारी उनके कन्धों पर थी।

लेकिन चूँकि वे भी कर्मफल से बँधे हैं सो यह वचन भी दिया कि अगले जन्म में वे इसका प्रायश्चित्त अवश्य करेंगे। याद करें, द्वापर में जिस जरा नामक भील के हाथों श्रीकृष्ण को देहावसान हुआ वह पूर्वजन्म में बालि ही था।

बात का सारांश यह है कि यदि कोई विपत्ति के समय आपकी शरण में आए तो भले ही वह आपका शत्रु ही क्यों न रहा हो, उसकी रक्षा आपकी नैतिक जिम्मेदारी है। उन पलों में उसकी सहायता करके आप समूची मानवता की रक्षा कर रहे होते हैं। यह आपके मानस के

शक्तिशाली व सामर्थ्यवान होने के प्रयोजन को भी सिद्ध करता है। एक बार आदमी शरण में आ ही गया तो फिर क्या शत्रु और क्या मित्र। वह तो आपको देवता समझकर शरणागत हुआ है। इसलिए अच्छाई की लाज रखने के लिए ही सही आपको अपना दिल बड़ा रखते हुए पूरे प्राणपण और क्षमता के साथ उसकी रक्षा करना चाहिए। यही तो देवत्व है।

कोई विपत्ति के समय आपकी शरण में आए तो भले ही वह आपका शत्रु ही क्यों न रहा हो, उसकी रक्षा आपकी नैतिक जिम्मेदारी है। उन पलों में उसकी सहायता करके आप समूची मानवता की रक्षा कर रहे होते हैं। यह आपके मानस के शक्तिशाली व सामर्थ्यवान होने के प्रयोजन को भी सिद्ध करता है।

याद रखिए प्रकृति का क्रम अनादि काल से जारी है। समय का चक्र कभी नहीं थमता। काल पर किसी का वश नहीं। स्वयं महाकाल का भी नहीं। सारे महापुरुष संसार में आए और चले गए। कभी कहीं कुछ भी नहीं रुका।

शौक करें जिन्दा

(Develop House of Leisure)

सही तथा सकारात्मक (Positive) शौक, शगल या हॉबी का जीवन में अपना स्थान है। यह काम की एकरसता (Monotony) से तो मुक्त रखता ही है, साथ ही तनाव के क्षणों में आपके अन्तस के लिए रौशनदान (Ventilator) का काम भी करता है। कई बार काम करते-करते आप उसके दास हो जाते हैं। वह आप पर छा जाता है तथा आपको हाँकने लगता है। जीवन में यह स्थिति खतरनाक है।

आपने काम के कीड़े (workaholic) लोगों की मानसिकता देखी होगी। काम उनको अपना दास बना लेता है। वे अपने भीतर एक गहरी असुरक्षा की भावना से घिरे होते हैं तथा इस गलतफहमी के शिकार हो जाते हैं कि यदि वे न होंगे तो काम का चक्र रुक जाएगा। सारी कायनात थम जाएगी। यह बिल्कुल भी आवश्यक नहीं है। दुनिया में गलतफहमी चाहे किसी भी प्रकार की क्यों न हो अनुचित ही होती है। आपने बैलगाड़ी के नीचे चलनेवाले प्राणी को देखा होगा। वह सतत चलता रहता है यह सोचते हुए कि गाड़ी उसी के दम पर चल रही है। वह कभी नहीं रुकता इस डर से कि यदि वह रुका तो गाड़ी आगे निकल जाएगी तथा उसके द्वारा उसे ढोए जाने का तिलिस्म टूट जाएगा।

याद रखिए, प्रकृति का क्रम अनादि काल से जारी है। समय का चक्र कभी नहीं थमता। काल पर किसी का वश नहीं। स्वयं महाकाल का भी नहीं। सारे महापुरुष संसार में आए और चले गए। कभी कहीं कुछ भी नहीं रुका।

खुदा जाने ये किसकी
जल्वागाहे नाज है दुनिया
हजारों जा चुके लेकिन
वही रंगत है महफिल की।

भगवान श्रीकृष्ण ने भी गीता में यही कहा–हे पार्थ! तेरा अधिकार केवल कर्म पर है, फल पर नहीं। इसलिए काम श्रेष्ठ है पर उसकी दासता श्रेष्ठ नहीं। काम के बीच हमें उसकी एकरसता भंग करने के लिए एक सही शौक (Hobby) की भी आवश्यकता है। इससे आपकी ऊर्जा की बैटरी रिचार्ज होती है। एक ही दिशा तथा दशा में लगे रहने से क्षमता (Efficiency) कम होती जाती है। उसके लिए एक सुखद अन्तराल या विश्राम (Break) जरूरी है।

एक बात और, कैरियर के दौरान सब कुछ हमेशा अच्छा या जैसा आप चाहते हैं वैसा ही नहीं होता। तब अवसाद या निराशा के उन क्षणों में आपके शौक ही आपके शरीर की अवस्था को चुस्त-दुरुस्त रखते हैं। किसी भी प्रकार की सतत निराशा अन्ततः किसी रोग में तब्दील हो जाती है जिससे लौटना सम्भव नहीं होता।

नौकरी या कैरियर भी एक किस्म की चूहा-दौड़ (Rat Race) है, जिसमें हर आदमी प्रबन्धन के उच्चतम स्तर (Top Management) तक नहीं पहुँच पाता। ऐसे में पहली किस्म के लोग मनोबल खोकर मात्र हड्डियों का ढेर होकर रह जाते हैं तो दूसरी किस्म के लोग अपने शौक को जिन्दा रखकर अलमस्त बने रहते हैं।

कई साल पहले सुप्रसिद्ध प्रबन्धन विशेषज्ञ शारू रांगणेकर द्वारा कही एक बात मेरे हृदय की गहराई में पैठ गई थी। वह यह कि आदमी को एक न एक creative शौक कम से कम उम्र की उत्तरावस्था में जरूर पाल लेना चाहिए, ताकि जब वह सेवानिवृत्त हो तो जीवन में अचानक एक शून्य (Vacuum) का शिकार न हो जाए। शौक एक मन माफिक काम की तरह उसका साथ दे। उन्होंने खुद यही किया तथा समय पूर्व ही सेवानिवृत्ति लेकर प्रबन्धन के क्षेत्र में अपनी अनूठी तथा अनोखी पहचान बना ली।

बहुत प्राचीन काल में जाएँ तो कृष्ण का सबसे प्रिय वाद्य बाँसुरी था जिसे वह पूरे माधुर्य के साथ इस प्रकार बजाते थे कि जंगल के पशु-पक्षी तक उनकी तान पर मुग्ध होकर उनके इर्द-गिर्द जमा हो जाते थे।

आम महापुरुषों के चरित्र उठाकर देखिए। महात्मा गांधी दिनचर्या में से भजन के लिए समय अवश्य निकालते थे। डॉ. राधाकृष्णन ने पढ़ने-लिखने के अपने शौक को सँवारते हुए भारतीय दर्शन पर अनेक ग्रन्थ लिख डाले।

पूर्व परमाणु वैज्ञानिक डॉ. राजा रमन्ना बहुत अच्छी तरह पियानो बजाते थे तथा पेरिस तक कंसर्ट में भाग ले चुके थे। उनकी तो पियानो वादन पर एक वृहद् पुस्तक भी उपलब्ध है।

वर्तमान में नजर डालें तो हमारे पूर्व वैज्ञानिक राष्ट्रपति डॉ. अब्दुल कलाम का उदाहरण हमारे सामने है। वे बहुत अच्छी तरह से वीणा बजाते हैं तथा बच्चों के साथ घुल-मिल जाने के लिए सदा तैयार रहते हैं। उनके कार्यकाल में पहली बार राष्ट्रपति भवन में बच्चों का आगमन स्वागत का विषय बना। उन्होंने 2020 के गौरवशाली भारत के भविष्य की नींव का आधार आज के बच्चों को ही बताया। हमारा देश उन्हीं के मार्फत भविष्य में शक्तिशाली हो सकेगा, यह उन्हीं डॉ. कलाम का सन्देश है।

ऐसे एक नहीं अनेक उदाहरण हमारे सामने हैं जब महापुरुष अपने कार्य के साथ शौक में भी संलग्न रहे। उन्होंने काम के समय काम और खेल के समय खेल के सिद्धान्त को अपनाया। किसी पद-प्रतिष्ठा, धन-दौलत की कामना नहीं की। वे जीवनसंघर्ष को भी एक खेल के समान कुछ इस तरह खेलते रहे–

क्या हार में क्या जीत में
किंचित् नहीं भयभीत मैं
संघर्ष पथ पर जो मिले
यह भी सही वह भी सही।

याद रखिए, जीवन तो एक पैकेज सा है जिसमें सब कुछ सम्मिलित है। अतएव हर चीज के लिए मानसिक रूप से मजबूत रहकर हमें सदैव प्रसन्न रहना चाहिए। शौक आपकी ऊर्जा को बनाए रखता है। उसे घटने

नहीं देता है। काम की अति व्यस्तता के बीच यह हमें आराम और आनन्द दोनों प्रदान करता है। बस एक ही सावधानी जरूरी है वह यह कि शौक में सृजनात्मकता (Creativity) होनी चाहिए और यह भी कि उससे दूसरे को किसी किस्म की हानि नहीं होनी चाहिए।

यह आपको स्वयं से मिलने का अवसर देता है तथा आत्म-निरीक्षण (Introspection) के लिए भी प्रेरित करता है।

❑❑❑

बहुत प्राचीन काल में जाएँ तो श्रीकृष्ण का सबसे प्रिय वाद्य बाँसुरी था जिसे वे पूरे माधुर्य के साथ इस प्रकार बजाते थे कि जंगल के पशु-पक्षी तक उनकी तान पर मुग्ध होकर उनके इर्द-गिर्द जमा हो जाते थे।